신을 닮았네 2

You look like God

신을 닮았네 2

루시퍼의 음모

이태완 지음

You look like God

좋은땅

오랜 시간 신을 미워하고 원망하던 어느 날이었습니다.

수십 년간의 기도와 노력에도 소망을 이루지 못한 저의 가슴엔 아픔과 원망이 가득했고 그 반감으로 인해 결국 신을 부정하게 되었습니다.

그런 저에게 그분이 불쑥 찾아오셨습니다.

그리고 고요하고 깊은 음성 속에 감추어 둔 그분의 마음을 보여 주셨습니다.

그동안 커피 한 잔을 사이에 두고 나눈 그분과의 대화들 속엔 아주 오래전 일어난 하늘나라 이야기들과 배도한 천사들 그리고 우리가 이 땅에 내려온 이유 등 그동안 감추어지고 불태워지고 찢긴 세상의 진실들이 담겨 있었습니다.

1편에서 나누지 못했던 이야기를 넘어 그분의 나지막한 음성 속에 담긴 진실 중 우리에게 허락된 이야기들을 나누어 드립니다.

이 지구별에 떨어진 지 꽤 되었는데도 적응이 되질 않습니다.

이곳은 제가 살던 본성과는 너무도 달라 여전히 혼란스럽습니다.

오랜 시간 세상을 아름답게 하던 푸른 나무와 꽃을 제외하고는 하늘과 대지에 깃든 공기들조차 이젠 예전의 것들과는 사뭇 다르게 느껴집니다.

분명 잘못된 느낌은 아닐 것입니다.

아마도 다가올 빅브라더의 세상 속엔 이 땅을 지배하고 통제하려는 루시퍼를 비롯해 배도한 천사들 그리고 그들을 따르는 수많은 어둠의 세력들과 이익 단체들로 인해 일어날 재난과 자유의 통제는 이 땅을 더욱 혼란스럽게 할 것입니다.

이런 모든 변화는 한 번에 이루어지는 것이 아니라 점진적으로 이루어지기에 삶의 무게에 허덕이는 우리는 이런 일들을 인지하기 참 어렵습니다.

마음이 아프고 무겁습니다.

그와 함께 쓸데없이 높은 이 별의 중력은 저의 어깨를 더욱더 무겁게 만듭니다.

우린 어쩔 수 없이 이 시기를 살아가야 합니다.

세상에 태어난 숙명적인 이유가 저마다 있기 때문입니다.

앞으로 밝혀질 그 이유는 매우 충격적일지도 모릅니다.

각성도, 논란도 있을 것입니다.

저 역시 한동안 그랬기 때문입니다.

이 이야기는 세상에 내려온 수많은 영혼들과 진실을 알고 싶어 하는 이들을 위한 이야기입니다.

그러나 언제나 그렇듯이 진실에 대한 이해와 각성은 아주 소수에게만 일어날 것입니다.

그들은 분명 작지만 강한 빛들일 것입니다.

이제 그분의 깊은 음성과 함께 감추어진 진리와 거짓을 분간한 통찰과 지혜로움이 펜 끝에 모두 모여 세상의 어둠을 밝히는 빛이 되길.

CONTENTS

01.
타락 천사들과의 대화

우린 그 어디에나 존재해.

대지의 공기 중에도.

하늘을 가로 짓는 구름 기둥 속에도.

권력과 욕망에 물든 정치인들의 세치 혀와 거짓 성직자

들의 기도 속에도.

이젠 질병을 통해 너희의 혈관을 타고 흐르는 붉은 피 속

에도 우린 존재하지.

우린 그렇게 바람처럼, 들불처럼 퍼져나가지.

아무도 우리를 막을 수 없어.

오늘도 꿈속에서 환영을 봅니다.

신과의 만남 후, 그들은 하루가 멀다 하고 찾아와 절 시험합니다. 현실이라고 편한 건 아닙니다.

이 땅에 분 3년여간의 질병은 저의 재정을 궁핍하게 만들었습니다. 이젠 하루하루를 걱정할 정도입니다.

널 사랑하는 신은 널 버렸다.

너의 배고픔과 궁핍해짐이 그 증거이지.

우리를 경배하라.

널 세상의 가장 큰 부자로 만들어 줄 테니!

언제나 끝은 이런 식입니다. 항상 무언가를 줄 테니 자신들을 경배하랍니다.

아마도 그들이 말하는 이 경배엔 우리가 모르는 더욱 큰 의미가 있나 봅니다.

가뜩이나 코로나19 때문에 어려운데, 꿈자리까지 방해받아 심사가 뒤틀린 전 그들에게 말합니다.

그래 너희의 수장 루시퍼도 2000년 전, 신에게 그런 요구를 했지!

예수님의 절 한 번에 이 세상을 모두 준다고 했어.

그런데 참 웃기지 않아?

이 세상 모든 것들이 예수님의 절 한 번에도 못 미친다는 것이.

나 역시 예수님과 같은 생각이니, 이만 꿈속에서 나가들 줬으면 해.

나 요즘 정말 피곤하거든.

    ······.

모두의 침묵 속에 그들 중 하나가 입을 엽니다.

    우린 태초부터 이 세상에 존재했지!
    너희가 전혀 예측하지 못한 방식으로…
    너희들의 영생과 허영을 담보로 하는 더러운 이단들의
    욕망 속에도.
    어린아이들의 피를 마시며 순수한 영혼을 강간하는 어두
    운 인간들의 욕정 속에도.
    너희들이 신성하다고 믿는 일부 성직자들의 영혼과 피
    속에도 우린 존재하지.
    그래! 우린 그렇게 늘 존재해 왔어.
    앞으로도 우린 그런 인간들을 그릇 삼아 이 땅에 존재할
    거야.
    넌 우리를 절대 막을 수 없어.

    아니!
    난 너희를 막을 생각이 추호도 없어.
    너의 말대로 너희는 그렇게 존재해!
    인간의 육체를 그릇 삼아 너희가 원하는 모습으로!

너희가 원하는 방식으로!
난 나의 할 일을 할게.

너의 할 일!
그게 무엇이지?

그건 어둠은 물리치는 것이 아니라, 나의 자리에서 밝히는 거란 걸.
그것이 내가 이 땅에 내려온 이유이니.

그래. 예수님도 그러셨지.
너희들이 원했던 것처럼 로마인들과 싸워 유대의 왕위에 오르는 것이 아니라.
낮은 곳에서 너희들의 세상을 밝히려 하셨지. 그러나 어리석은 너희들은 그분을 고통 속에 십자가에 못 박았다.
그렇게 땅의 자손들은 물질세계에만 관심 있을 뿐, 영원한 영의 세계는 알지도 못하고 관심도 없어.
그것이 자신들의 본성도 깨닫지 못하는 너희 인간들의 한계다.
우린 곧 세상의 모든 것들을 통제하고 너희의 자유의지를 모두 박탈하고 빼앗아 신에게로 가는 길을 모두 없애

버릴 거야.

모든 일들이 오래전부터 시작되었고 이젠 완성단계에 있지.

너희는 벗어날 수 없어!

절대로.

그래 나도 알고 있어.

나 역시 얼마 전까진 그렇게 망각 속에서 깨어나지 못하고 있었지.

그러나 지금은 달라!

너희들이 경계할 정도로.

근데 나 같은 사람이 이 세상에 어디 한둘일까!

지금 이 땅에 인간의 육신을 빌려 내려오는 영혼들이 과연 너희들뿐일까?

너희들은 이미 알고 있어.

그렇기에 너희들은 조급하고 두려운 거야.

아주 오래전 하늘나라에서 벌어진 천사 대전의 패배처럼 이 땅의 암흑 속에 영원히 가두어질까 봐.

지금 너희가 나를 보듯이 나 역시 너희를 지켜보고 있어.

하늘 권세를 장악한 너희들이 세상에 뿌려대고 있는 거짓 뉴스들과 음모들 그리고 그로 인해 뒤죽박죽 엉켜 버린 모든 진실의 고통스러운 비명들을….

너희는 지금도 이 모든 것들을 자랑스럽게 지켜보며 우쭐거리고 있지.

근데 말이야!

너희들은 너희의 본성이 태초에 무엇이었는지 알고는 있는 거야?

헉….

저의 질문에 순간 그들 사이로 정적이 흐릅니다.

그들의 기억 속에… 아주 오래된 기억 속엔 그들 역시 천사의 본성을 가지고 있었기에…. 그들의 가슴에 마지막 쐐기를 박습니다.

너희들은 아직도 예수님께서 이 땅에 사는 인간들만을
구원하기 위해 온 것이라고 생각하는 거야!

…….

그렇게 그날 타락 천사들과의 첫 대화는 저의 판정승으로 끝이 났습니다.

02.
루시퍼 그날의 기억

핏빛 십자가 주변으로 먹구름이 모여듭니다.

그것은 모든 공간을 구석구석 집어삼키듯이 스며들어 신과 루시퍼의 수천 년간의 기나긴 싸움에 종지부를 찍고 있었습니다.

순간 하늘을 울리는 그의 고함이 공간을 찢어발기며 퍼져 나갑니다.

내가 당신을 배반한 건 숙명이오.

왜냐하면 당신이 날 먼저 버렸기 때문이오.

저기 십자가 끝에 걸려있는 당신의 아들이 보이시오!

그는 더 이상 나의 머리를 상하게 하지 못할 것이오.

난 지금 당신의 모든 자녀들을 피로 물들이는 꿈을 꾸고 있소.

당신이 당신의 세계를 만들었듯이, 난 이 땅에 나만의 세계를 만들 것이오.

당신 자녀들의 삶을 빼앗고 당신에 대한 기억을 지우고

그들을 슬픔으로 물들이겠소.

영원히….

난 당신의 수많은 방해를 받으며 이 땅에서 새롭게 태어났소.

당신의 축복받은 자식들과는 비교도 할 수 없는 고통을 받으며 말이오.

난 이를 갈며 수천 년의 세월 동안 당신의 아들이, 여자의 후손이 이 땅에 오기만을 기다렸소.

그리고 난 승리하였소.

이제 난 이곳에 나만의 왕국을 만들 것이오.

이제 나로부터 당신을 놓아주겠소.

당신 아들의 죽음의 대가로….

난 이제 공포 속에서 영원한 자유함을 얻을 것이오.

전 지금 꿈을 통해 아주 오래전 그의 기억을 보고 있습니다. 대지를 울리는 날카로운 공명과 스치는 바람 속에서조차 느껴집니다. 땅과 대기와 하늘에 존재하는 모든 이들의 숨 막히는 시선과 놀라움 그리고 두려움이….

루시퍼의 처절한 고성이 저의 영혼을 미친 듯이 흔듭니다.

하늘 아래 모든 대지에 드리우던 짙은 어둠은 언덕 위 세워진 십자가의 흔적조차 암흑으로 덮어 버립니다.

신의 공의로움으로 인해 모든 인간 세상의 죄를 짊어진 그분의 대속은 수천 년간 감추어진 인간에 대한 신의 본심이 폭력과 두려움이 아닌 인간에 대한 절절한 사랑이었음을 고백하는 역사적인 순간이었습니다.

흐릿한 십자가의 핏빛 실루엣이 서서히 대지에 물듭니다.

이제 모든 것이 끝났나 봅니다.

그분의 외침도 그리고 고통도….

어느새 저의 볼을 타고 흐르던 눈물 한 방울이 땅에 새겨집니다.

도대체 루시퍼가 왜 절 이곳까지 끌고 와 그날의 기억을 보여 주는 것인지 전 이유를 알 수가 없었습니다.

떨리는 목소리로 그에게 말합니다.

루시퍼!

도대체 왜 나에게 너의 기억을 보여 주는 거지?

루시퍼는 입을 굳게 다문 채 아무 말도 없습니다.

환영이 서서히 걷히며 잠시 침묵이 흐릅니다.

……………….

이윽고 그가 입을 엽니다.

나의 실수였다.

나의 착각이었다.

신의 아들을 저주받은 나무에 매달면 모든 것이 끝날 줄 알았다.

그러나 그것이 모든 것의 시작이 될 줄이야….

난 아주 오래전부터 예언된 여자의 후손을 기다리고 있었다.

나의 머리를 상하게 할 여자의 후손을 말이다.

아담이 에덴에서 쫓겨날 때부터 난 한시도 신의 예언을 잊은 적이 없었다.

신께서 카인의 제사를 거부하고 아벨의 제사만을 받았을 때, 난 여자의 후손이 분명 아벨의 후손에서 나올 것임을 알았다.

그래서 난 카인을 유혹하여 아벨을 죽였지! 그러나 신은 아담에게 또 다른 아들을 주었고 그의 후손들은 계속 번성하여 선지자 에녹을 시작으로 므두셀라와 노아에게까지 이어졌다.

결국 그의 후손인 아브라함과 이스라엘의 왕인 다윗의 남은 자손 중에서 그는 태어나고야 말았다.

수천 년간 그 씨를 멸족하려 그렇게 피를 뿌렸건만, 결국 예언된 그가 이 땅에 내려온 것이다.

그것도 하찮은 마구간에서 말이다.

그렇게도 경계했건만 신은 나를 속이기 위해 비천한 장소와 동정녀를 택하였고, 그런 나의 순간의 방심으로 세상의 구원자가 탄생하고 말았다.

난 그를 막기 위해 헤롯 왕을 유혹하여 2살 미만의 모든 사내아이들을 죽이라 하였지만, 여자의 후손은 이미 이집트로 피신한 후였지.

그러나 하늘의 자리를 빼앗긴 난, 이 땅의 자리만큼은 절대 빼앗길 수 없었다.

난 수천 년간 너희들을 감시하며 여자의 후손이라 생각되는 것들은 가차 없이 모두 죽여 없애었다.

모든 가능성의 씨앗들을 나일강의 푸른 물과 떠다니는 악어들에게 뿌려 주었지.

그리고 만약을 대비하여 그의 본성을 흔들 시험을 준비했다.

그 어떤 누구도 수천 년간을 고민하여 만든 이 시험을 벗어나지 못할 것이라 난 확신했다.

그렇게 이어지는 루시퍼의 이야기는 제가 그동안 듣지 못한 이야기들이었습니다. 신께서도 그에 대한 이야기는 아직 해 주지 않으셨기 때문입니다.

그분은 언제나 고요하고 묵직하지만 작은 음성으로 말씀하셨습니다.

굳이 세상에 자신을 드러내지 않는 그분에게 얼마 전 이런 질문을 한 적이 있습니다.

저희의 창조 이유는 무엇인가요.

너희를 창조한 이유는 너희를 향한 나의 온전한 사랑 때문이었단다.
나의 곁에서 온전함을 누리며 나와 함께 늘 하늘나라에 거하는 것이 인간 창조의 목적이었지.
그래서 너희를 나의 형상을 본떠 만든 것이란다.
다른 것들과는 다르게 말이다.

저희를 많이 사랑하셨나요!

물론이란다.

그럼 저희가 약속을 어기고 에덴을 떠날 때 마음이 많이 아프셨겠어요!

그래, 그랬었지!

그러나 어쩔 수 없었단다.

나의 법칙 중엔 공의라는 것이 있단다.

공의란 죄를 지으면 그에 대한 벌을 주는 것이지.

그것은 용서와는 또 다른 개념이란다.

나를 배도한 타락 천사들에게도 이 공의는 엄격하게 적용되었단다.

천사 대전 이후 그들이 땅의 맨 끝으로 쫓겨나 심판의 때를 기다리는 것처럼 말이다.

결국 이 법칙을 간파한 교활한 루시퍼는 하와를 미혹하였고, 나의 법칙인 이 공의를 이용해 고발자의 입장에서 너희 인간들을 피고인으로 만들어버렸지.

난 너희를 사랑하였지만 결국 에덴에서 너희를 떠나게 할 수밖에 없었단다.

내가 세운 공의가 무너진다면 더욱 많은 혼란이 일어날 테니 말이다.

에덴에서 쫓겨난 너희들은 땅에서 번성하기 시작하였지만, 그만큼의 죄와 잘못함도 함께 늘어만 갔지.

그럴수록 인간들의 죄를 고발하는 루시퍼의 힘은 점점 커질 수밖에 없었단다.

사실 루시퍼가 선악과를 이용해 너희를 꾀어낸 이유는

너희를 볼모 삼아 자신의 존재가 소멸됨을 막으려 한 것
이었어!
인간들을 사랑하는 나의 마음을 이용해 너희의 죄를 끊
임없이 고발하는 입장에 섬으로서 자신의 존재를 지키려
했던 것이었지.

그렇게 루시퍼의 계략으로 인해 우린 이 땅으로 추방되었습니
다. 루시퍼는 오로지 자신의 생존을 위해 인간을 이용한 것입니다.

그런 루시퍼를 따르며 부와 명예와 허영심과 욕망을 채우는 인간들이 이 땅에 넘치는 걸 알기에 마음이 아파 옵니다.

그러나 그런 저를 바라보는 신의 따뜻한 눈빛으로 인해 저의 마음이 다시 안정을 찾습니다. 커피 한 잔을 신께 따라드리며 조심스럽게 여쭤봅니다.

혹시!
이런 기도를 드려도 될까요?

그래. 그게 무엇인지 말해 보거라.

신께서 창조하셨으나 신을 배도한 모든 피조물들을 용서해 주세요.
예정된 마지막 때에 모든 타락 천사들이 신께 용서를 구한다면 그들의 기도를 한 번만 들어주세요.
하나님의 법칙과 공의가 우선이지만, 감히 부탁드립니다.

하하하.
지금 타락 천사들을 위해 중보 기도를 하는 것이냐!
오히려 애초에 그들이 너희를 위해 중보해야 할 것을….

신께서 저의 머리를 쓰다듬어 주십니다.

　오래전 선지자 에녹 이후론 네가 처음이로구나.
　그러한 기도는….

　비록 꿈속이었지만 그동안 막연하게 추론하던 것들이 루시퍼의 독백으로 인해 정립되고 있었습니다. 그는 떠오른 옛 기억에 분노하여 끊임없이 외쳐대고 있었습니다. 그의 목소리가 대기와 공명하며 저의 머릿속에 울려 퍼집니다.

　난 그가 나타나기를 기다리고 또 기다렸다.
　수천 년을 기다린 내가 그깟 몇십 년을 못 기다릴까!
　그렇게 30년 후, 난 그를 유대의 광야에서 처음으로 보았다.
　그를 먼발치에서 흘깃 보는 것만으로도 난 숨이 막혀 왔지.
　그는 나의 머리를 상하게 할 예언된 여자의 후손임이 분명했다.
　어쩌면 그의 신성은 나의 능력을 능가할지도 모르지만,
　나에겐 그동안 준비해 온 강력한 무기가 있었다.
　에덴동산의 아담과 하와도 천상의 북쪽을 지키던 수많은 천군 천사들도, 신을 믿고 따르던 인간들도 결국 신에게서 멀어지게 한 나의 미혹들!

분명 그 역시 이 시험을 이기지 못하리라.

난 그가 40일간의 금식으로 온몸이 피폐해지기를 기다리고 또 기다렸다.

인간의 몸으로 행한 지옥 같은 금식으로 그의 육신과 정신이 극한의 한계치까지 몰릴 때까지 말이다.

난 승리를 자신했다.

비록 여자의 후손이 태어남을 막지는 못했지만, 이제 난 그를 유혹하여 그와 손을 잡고 이 땅에서 창조주에게 대항할 것이다.

40일간의 고통스러운 금식을 마친 그에게 한 걸음 한 걸음 다가가는 나의 심장이 흥분으로 뛰기 시작했다.

드디어 이 땅에 뿌려 된 수많은 피의 대가를 받아 내는 것인가!

결국 수천 년간의 기나 긴 싸움이 이제야 끝나는 것인가.

아!

그러나 그의 눈과 마주친 순간 난 전율에 휩싸였다.

그의 눈빛!

그의 눈빛은 이미 내가 그렇게도 두려워했던 초월자의 눈빛이었기 때문이었다.

이미 육식의 봉인을 풀고 각성 한 것인가!

그러나 난 물러설 수 없었다.

난 뛰는 심장을 누르며 그의 곁으로 다가가 오랜 시간 준
비한 첫 번째 질문을 그에게 던졌다.

입술이 긴장으로 인해 바짝 타들어 갑니다.
루시퍼가 고민하고 또 고민하여 만든 세 가지 시험!

성경에 쓰인 그 문제들은 저 역시 알고 있었습니다. 그러나 교활할 만큼 지혜로운 루시퍼가 수천 년간을 고심한 이유는 분명 그 질문들의 의미 속엔 인간들이 알지 못하는 엄청난 비밀들이 숨겨져 있을 것이었습니다.

수많은 천사들을 타락하게 만들어 천사 대전을 일으켰으며, 에덴에서의 풍요로운 삶을 완벽하게 누리던 아담과 하와를 미혹하여 신에게서 멀어지게 만든 그 위험한 질문들! 이제 그 진정한 의미가 그의 입을 통해 밝혀지고 있었습니다.

03.
루시퍼의 고백

난 네가 좋아졌다.

루시퍼가 갑자기 으르렁 거리며 저에게 말합니다.
헉!
그 순간 심장이 멎는 듯합니다.
전 이마에 흐르는 땀을 닦으며 말합니다.

내가 좋아졌다니….
아니!
루시퍼, 다시 한번 생각해 봐!
너에겐 충성하는 부하들도 넘치고 널 따르는 인간들도
세상의 모래알만큼이나 많잖아.
왜 하필이면 난데….
그러지 마!

저의 당황하는 모습에 루시퍼가 피식거리며 웃습니다.

　　그런 뜻이 아니다.
　　넌 이미 온전히 그분의 것이다.
　　내가 도저히 들어갈 틈이 없지!

잠시 하늘을 응시하던 루시퍼가 입을 엽니다.

　　오래전 모두의 기억 속에 저 깊은 무저갱 속으로 파묻혀
　　버린 나의 이름.
　　스스로도 잊어버렸으며 모든 이에게서 잊혀진 태초의 나
　　의 이름.
　　가장 찬란한 아름다움 속에서 어둠 밑으로 사라져버린
　　나의 옛 이름….
　　난 이 땅의 악의 화신이며 최고의 악마이며 너희 영혼의
　　얼룩이다.
　　난 인간들의 공포이며 저주이자 수많은 타락 천사들의
　　수장 루시퍼다.
　　인간들은 물론이고 수많은 악마들조차 날 두려워하지!
　　천상 대전이 있은 후, 그 누구도 나의 이름을 부르지 않
　　았다.

모두가 잊어버렸지….

나조차도.

나의 옛 이름을 불러준 인간은 수천 년 만에 네가 처음이었다.

도대체 그 이유가 무엇이지?

아 아!

….

루시퍼…

그건 어쩌면 나의 소망이었을지도 몰라.

너도 알다시피 난 아직 옛 일들을 다 알지도 기억하지도 못해!

모든 기억을 망각하고 다시 시작해야 하는 것이 이 땅의 법칙이니까.

그러나 나의 영혼 깊은 곳엔, 이해할 수 없는 아픔과 그리움들이 언제나 존재해 왔어.

문득문득 그것들 때문에 순간순간 가슴이 아려 와!

그 가슴의 뭉클함은 분명 우리가 본성을 잃어버린 채, 창조주의 지으심에서 벗어난 지금 우리들의 모습 때문일 거야!

난 가슴의 두근거림으로 느낄 수 있어.

우리 모두가 아름답고 행복했던 그때를….

그렇게 이 세상 모든 존재들의 잠재의식 속엔 알게 모르게 태초의 모습에 대한 그리움이 남아 있다는 걸.

우리의 본성 그 모습으로 그대로….

아마도 그래서일 거야.

내가 너의 옛 이름을 부른 이유가.

넌 천사들 중에서도 가장 아름답게 빛나는 별이었잖아!

난 그렇게 세상의 모든 것들이 신께서 지으신 태초의 모습으로 간절히 돌아가길 원해.

……..

루시퍼는 입을 굳게 닫은 채 깊은 생각에 잠깁니다.

아주 오래전 이 땅에 내려와 인간 여자들을 아내 삼아 세상을 파멸로 몰아가던 또 다른 배도 천사들…. 그들은 천상 대전에서 승리한 거룩한 천사들이었지만, 루시퍼와 같이 신을 배신하였고 그들이 세상에 뿌려 놓은 거인의 씨앗들로 인해 하늘과 대지와 인간들의 피는 더럽혀졌습니다.

그로 인해 신께선 자신이 새겨 놓은 인간들의 고유성을 지키기 위해 대홍수로 변질된 모든 존재들을 정화하였고, 그런 대홍수가

없었다면 루시퍼의 의도대로 이 세상은 오래전 짐승들의 피로 가득 차 있었을 것입니다.

인간들은 오로지 자신들의 죄로 인하여 신의 심판을 받았다고 착각하지만, 그렇게 다른 이유도 있었습니다.

신께선 인간들만을 심판한 것이 아니라 모든 배도한 천사들의 씨앗들을 멸하여 앞으로 다가올 새로운 세상을 대비하기 위함이었습니다.

그렇게 할 수 있었던 이유도 인간들의 육체는 비록 땅에 귀속되어 있으나, 영혼의 본향은 하늘에 두었기 때문입니다.

잠시 침묵을 지키던 루시퍼의 음성이 들립니다.

지난 시간을 돌아보면 본성을 잃어버린 인간들처럼 다루기 쉬운 존재들도 없었지.

그들은 이미 땅의 짐승들이었다.

부자이든 가난한 자이든 모두 마찬가지였다.

부자라고 악하지 않았고 가난한 이라고 선하지 않았다.

모두가 악할 만한 권력과 기회가 없었을 뿐!

내가 이 땅에 뿌려놓은 선악과는 욕망과 허영과 권력이라는 이름으로 그들을 삼켰고 그들은 나에게 경배하였다.

이미 짐승이 되어 버린 그들은 세상의 언론과 자유를 통제하며 이 땅의 모든 정치와 경제 통합을 위해 지금도 마지막 바벨탑을 쌓고 있다.

하늘에 뿌려지는 하얀 구름은 대지와 물을 오염시키고,

태초에 인간들의 몸에 새겨진 신의 지문은 더러운 약물

로 인해 점차 사라지고 있지!

그 신의 지문이 모두 지워지는 날이 인간들이 말하는 세

상의 종말이며 마지막 날인지도 모른 채 말이다.

그렇게 나의 계획은 빈틈없이 이루어지고 있다.

그러나 그럴수록 다가오는 이 왠지 모를 공허함은 신의 또 다른 예정된 계획인 것인가!

넌 이 세상의 실체를 알고 있지.

그렇기에 타락 천사들의 유혹에도 넌 오히려 그들의 본성을 일깨웠다.

자신들이 태초에 누구였는지를 말이다.

결국 그들의 어둠과 타락함에 균열이 생겨 버린 것이다.

어쩌면 이 땅에 세워진 나의 왕국도 그런 모래성 일지도 모른다.

그러나 난 선택의 여지가 없다.

그건 수천 년 전 그와의 대결에서도 동일했지.

루시퍼가 잠시 눈을 들어 하늘을 바라봅니다.

그곳엔 저녁노을을 가르는 크고 작은 하얀 구름 기둥들이 흉측하게 얽혀 있었습니다.

"당신이 하나님의 아들이거든 이 돌을 빵으로 만들어 보시오."

드디어 루시퍼의 첫 질문이 시작되었습니다.

그러나 언 듯 단순한 이 질문의 진정한 의미는 그리 간단한 것이 아니었습니다.

루시퍼는 이 첫 질문만으로도 여자의 후손을 자신의 편으로 만들 수 있다고 생각하였습니다.

어쩌면 그를 통해 또 한 번의 천상 대전을 일으켜 하나님의 지위에 올라갈 수도 있을 것이라는 생각에 루시퍼는 기분이 좋아졌습니다.

이 질문 하나의 의미만으로도 천상의 천사들 중 1/3이 그에게 동조하였고 신을 배신하였기 때문입니다.

이 질문의 핵심은 피조물의 존재성을 창조자와는 별개로 생각하라는 것이었습니다.

그것은 결국 모두 피조물의 굴레에서 벗어나 독자적으로 생각하고 행동하라는 의미였습니다. 듣기엔 달콤한 이야기지만 신의 공의로움 속에서 질서를 관장하던 천사들에겐 신의 뜻을 거부하라는 의미였으며, 여자의 후손에겐 지상의 인간 모습으로 태어났으니 신성을 버리고 육체의 욕망과 결핍에 충실하라는 의미였습니다. 이것은 극한의 금식으로 인해 결핍된 육신의 고통을 채워주지 않는 신을 부정하고 관계성을 벗어나 독자적인 자유를 추구하라고 유혹하는 것이었습니다.

루시퍼는 언제나 신을 악 또는 피조물들의 자유를 억압하는 존재로 규정하였고, 그것은 오래전 하와를 미혹시켰던 선악과를 따먹으면 신과 같이 지혜로워질 것이라는 유혹과 같은 것이었습니다.

그 말은 신을 벗어나 독립적으로 온전해지라는 것이었고, 신의 사랑 안에서의 자유가 아닌 신이 없는 자유를 선택하라는 것이었습니다.

첫 번째 질문에 넘어간 천사와 인간들의 방종한 삶은 이 땅을 수없이 더럽혀 왔습니다.

신을 떠난 그들은 얼마든지 추악해질 수 있었습니다.

그렇게 신을 마음에서 지워 버린 배도한 천사들 그리고 인간들의 지혜와 자유의 결과는 수없는 전쟁과 살육 그리고 멸망과 혼란뿐이었습니다.

04.
커피 한 잔 하세요

커피 한 잔 더 주겠니!

아! 신께서 곁에 계시다는 걸 깜빡 잊고 있었습니다.

멍하니 생각에 잠겨 있던 전 배시시 웃으며 얼른 커피 한 잔을 따라드립니다.

오랜만에 카페의 이 층 창가에 앉아 커피를 음미하시던 신께선 기분이 참 좋으신가 봅니다.

사실 한동안 카페에 오시질 않으셔서 좀 서운해하고 있었습니다.

코로나로 인한 방역지침 때문에 그동안 한산했던 카페가 그분의 존재감으로 인해 가득해 보입니다. 신께서도 오랜만에 마시는 커피가 참 좋으신가 봅니다.

흠.

커피의 맛과 향이 카카오 열매처럼 아주 풍성하고 단단

하구나.

이 커피의 이름이 무엇이냐!

아!

엑스칼리버라고 해요.

절 위해서 만든 커피입니다.

히….

오!

그래!

근데 왜 이름이 엑스칼리버인지 말해 주겠니!

그건…

머리를 손으로 긁적이던 전 수줍게 말합니다.

… 다시는 세상의 고난에 부러지고 싶지 않아서요.

그동안 너무 힘들고 고통스러웠거든요.

이젠 저의 몸과 마음 그리고 영혼 모두가 다시는 쓰러지
고 싶지 않아요.

전설의 검 엑스칼리버처럼요.

흠.

널 모략하고 괴롭히며 내가 너에게 준 것을 **빼앗으려** 하는 이들을 내가 알고 있단다.

그들은 스스로를 신격화하였지.

그 주체들은 결국 병들고 나약해져 사망하였음에도 그곳에 소속된 인간들은 지금도 그를 섬기며 자신들의 욕망을 채우고 있다는 걸 난 알고 있단다.

그들은 욕망에 사로잡힌 또 다른 인간들을 현혹하여 **빼**앗은 돈으로 많은 권력자들을 포섭하였지.

그들이 내어주는 단물이 세상의 권력가들에게 스며들어 있다는 것 또한 알고 있단다.

그들 모두 험악하고 잔혹하고 교활한 뱀의 씨앗들이란다.

난 그들의 이름 하나하나를 절대 잊지 않을 것이며, 그들의 부역자들 또한 절대 잊지 않을 것이란다.

그러니 두려워하거나 걱정하지 말렴.

앞으로 넌 어떤 상황에서도 부러지지 않을 테니.

넌 온전히 나의 것이잖니!

넌 불편함과 욕망을 억재하며 나의 곁에 서 있기 위해 지금도 고군분투하고 있지.

그런 너를 난 무척 사랑한단다.

그처럼 모든 인간에 대한 나의 사랑은 아주 오래전 너희를 맨 마지막 날에 창조한 이유이기도 했단다. 그건 불완전함이 아닌 완전함 속에서 너희가 존재하길 원했기 때문이야. 그만큼 너흰 소중한 창조물이었단다.

난 너희들에게 그 누구에게도 주지 않던 자유의지를 주었고 의무와 책임과 명령이 아닌 스스로의 의지로 날 사랑하고 나와 함께하길 원했지.

그렇게 나와 너희들의 관계는 창조주와 피조물을 떠난 서로를 위한 사랑의 대상이었어.

그런 관계성은 너희의 존재 이유이자 존엄성이고 인간의 가장 강한 힘의 원천이란다.

그 증거로 너희를 위해 나의 아들까지 대속시키지 않았느냐.

천상의 천사들도 내가 너희를 사랑하는 마음이 그 정도일 줄은 알지 못하였지.

물론 그 일로 인해 루시퍼는 더욱더 크게 좌절했지만 말이다.

만약 루시퍼 역시 인간에 대한 나의 사랑이 그토록 강력한 걸 알았다면 어쩌면 에덴의 사건은 없었을지도 몰라!

그러나 그럼에도 인간들은 나의 사랑을 아직 이해하지 못한단다.

너 역시도 날 몹시 미워하지 않았느냐.

하지만 그때 역시 지금처럼 너의 깊은 마음속엔 날 사랑하는 마음으로 가득했다는 것 또한 알고 있었단다.

다만 굶주리고 배고픈 너의 영혼과 좌절한 육신을 가진 너의 기도에 나의 응답이 없었기에 날 원망할 수밖에 없었겠지.

그러나 난 널 그렇게 한동안 둘 수밖에 없었단다.

그건 예전의 너에게 작은 것을 주어 보았지만, 넌 만족하지 않았고 또 큰 것을 주어 보니 교만해졌기 때문이야.

너뿐 아니라 수많은 인간들이 그런 불만족과 교만함 속에서 나의 곁에 오래 머물지 못하고 떠나갔단다.

그렇게 떠나간 인간들이 내 곁으로 다시 돌아오기엔, 이 세상을 장악하고 있는 루시퍼와 어둠의 세력들이 너희들을 쉽게 놓아주질 않아!

그건 그 어둠의 세력 역시 너희들의 영혼이 절실하게 필요하기 때문이지.

너희들을 나에게서 분리시키고, 영혼과 마음을 욕망과 허영, 탐욕으로 가득 채운 꼭두각시로 만들어 신으로부터 자신들을 지킬 수 있는 강력한 방어 도구로 쓰기 때문이야.

그들은 너희를 인질 삼아 그렇게 나에게 끊임없이 도전

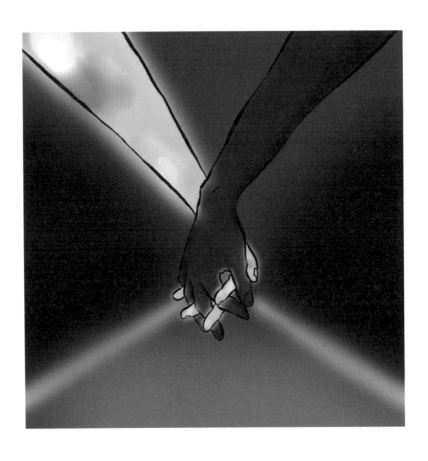

하는 것이란다.

난 그들처럼 널 잃어버릴까 봐, 너의 마음이 절망과 좌절로 깨어지고 낮아질 때까지 기다리고 또 기다렸단다.

내가 너에게 작은 것을 주어도 감사할 줄 알고, 큰 것을 주어도 겸손해질 때까지 말이다.

그렇게 오랜 고통과 눈물의 시간이 지나고 나의 작은 선물을 받아 든 넌 기쁨으로 너의 아내와 어린 두 딸을 모아 놓고 고백하였지.

난 그 순간을 잊지 않고 있단다.

세상의 그 어떤 누구도 너희와 함께 마지막까지 동행할 순 없단다. 너희의 삶을 끝까지 지켜 줄 수 있는 건 오직 그분밖에 없지. 그러니 어떤 고난과 슬픔이 오더라도 오직 그분만을 의지하고 사랑하렴.

간혹 너희에게 주는 시련조차도 그분의 예정된 축복의 일부란다. 그렇게 너희는 이 땅에서도 이 땅을 떠나서도, 예전의 지으신 모습 그대로 온전히 그분 것이 되렴.

그날 이후로 너뿐 아니라 너의 가족 모두가 온전히 나의 것이 되었단다.

그건 시련이든 축복이든 언제나 내가 너희에게 좋은 것

만을 준다는 걸 알게 되었기 때문이야.

이제 세상을 자유롭게 살며 체험하되, 언제나 나의 곁에

서 있으렴.

05.
축복의 비밀

눈이 내리는 늦은 밤 이 층 창가에 앉아 커피 한 잔을 두고 나누는 그분과 대화는 구름에 가려진 달빛이 드러나듯 저의 눈을 밝게 해 주고 있었습니다.

전 어릴 때부터 세상에 대한 궁금증이 참 많았습니다. 신께서 말씀하시길 하늘나라에서도 저의 그런 면으로 인해 다른 빛들이 참 많이 피곤해하였다고 합니다.

그런 저였기에 이 땅에 내려와서도 그 호기심과 궁금증 때문에 우주에 대한 비밀이나 천문학 또는 고대의 역사나 오파츠 같은 해석이 불가능한 일들에 대해 몰두할 때가 많았습니다. 사실 이런 것들은 세상을 살아가는 데 전혀 도움이 되지 않는 것들이지요.

공부에는 관심도 없었고 재능도 없었습니다.

그러니 늘 겉돌기 일쑤였고 혼자 지내는 시간들이 많아 본의 아닌 내적 탐구를 오랜 시간 동안 하게 되었습니다.

특이하게 점성술이나 도가에도 관심이 많았기에 어쩌면 평범한 삶을 살지는 못했을지도 모릅니다.

한때는 록 음악과 기타 연주도 무척 좋아하였지만, 세상과 저의 빈 마음을 채울 만한 재능은 없었습니다.

그러니 유일하게 남은 것은 커피 하나밖에 없었지요. 다행히 커피에 대한 재능과 영감이 풍부하여 저의 빈 마음을 채우기엔 부족함이 없었습니다. 그로 인해 저의 삶이 더욱 풍성해지고 아름다워졌으며 저의 마음도 채울 수 있었습니다.

그렇게 오랜 시간을 커피와 함께하였습니다.

물론 삶의 과정 중에 참 슬픈 일들이 많았지만 그건 다 지나간 옛일일 뿐입니다. 그 슬픔들조차 계획된 축복의 일부분이란 걸

깨달았기 때문입니다.

인간들이 신이 행하시는 일을 이해하기는 참 어렵습니다.

아마도 그건 신이 생각하는 신과 인간의 관계성과 우리가 신에게 원하는 관계성이 다르기 때문일 것입니다.

우리가 원하는 소망과 축복 또는 간절한 기도에도 그것이 빨리 이루어지지 않는 이유 역시 그 관계성을 깨닫지 못하고 있기 때문일 것입니다.

아마도 신과의 관계성을 깨닫는 그 순간이 진심으로 신과 함께하는 첫 시작일 것입니다.

저길 좀 보렴.

이 추운 겨울에도 달빛이 참 영롱하고 아름답구나.

난 참 재주도 좋아!

하하하하.

아!

또 시작되었습니다.

저의 자기애는 분명히 신을 닮은 것이 맞습니다.

어쩌면 당연한 일입니다.

우린 그분의 형상을 본떠 만들어졌으니!

10여 년 전 슬픔과 절망이 저의 마음에 가득할 때, 보이지도 들

리지도 느낄 수도 없는 신에 대하여 전 무조건적인 믿음을 유지
할 수 없었습니다.

　전 이 세상의 어둠과 인간들의 절망을 알고 있었기에 오랜 시
간 신에게 존재를 증명하라고 건방지게 요구하였고 신을 부정하
고 미워하였습니다.

　어느 날 결국 저의 모든 꿈이 절망과 슬픔으로 산산조각이 났
을 때 처음으로 그분의 목소리를 들었습니다. 새벽녘 그분이 음
성이 지금도 잊히질 않습니다.

　　사랑하는 아들아!
　　넌 왜 사람을 의지하느냐.
　　이 세상에서 너와 함께 삶을 끝까지 할 수 있는 이는 아무
　　도 없단다.
　　그러니 날 의지하렴.
　　내가 너와 함께 끝까지 할 테니.
　　내가 너에게 세상을 줄 테니.

　신과의 첫 만남은 그렇게 시작되었습니다. 그런데 저에게 약속
하신 세상은 아직 주시지 않으셨습니다.

　생각이 난 김에 당장 물어봐야겠습니다.

신님! 신님!

혹시 기억하고 계신가요?

예전에 저에게 세상을 주겠다고 하신 약속을요.

그럼.

물론이란다.

어!

근데 전 아직 세상을 아직 받지 못했는걸요.

언제쯤 주실 건데요!

신께서 웃으며 말씀하십니다.

그건 네가 충분히 준비가 되었을 때란다.

나의 법칙엔 공의로움이 있지 않니!

그 말은 너에게 세상을 받을 만큼의 충분한 당위성이 만

들어져야 하지.

그 말씀에 살짝 뾰로통해진 제가 말합니다.

그게 도대체 언제인데요!

아무래도 이번 생은 틀린 게 분명해요.

그렇지 않단다.

들어보렴.

넌 지금도 나와의 대화를 세상에 전하고 있지 않느냐!

사람들이 많든 적든 우리의 이야기에 귀를 기울이는 이들을 보며 기뻐하지 않았더냐.

넌 물질과는 상관없이 그들을 위해 책을 나누어 주고 이야기를 나누며 그들의 빈 마음을 채웠지.

그렇게 이 세상에 너에 대한 당위성이 조금씩 쌓여 가는 거란다.

그런가요.

근데요. 신님!

저도 사랑하는 이들을 세상의 어둠으로부터 지킬 만큼의 물질은 원해요.

절 괴롭히고 저의 것을 빼앗으려 하는 자들 때문에요.

그들은 재력과 권력을 이용하여 절 너무 힘들게 하거든요.

제가 운영하는 지금의 카페 장소도 예전에 거대한 이단이 운영하던 곳이었잖아요!

그들의 힘은 관에까지 연결되어 있기에 저의 힘으로는

역부족이라고요.

제가 얼마나 힘들었는데요.

지금도 그렇고요.

그래 알고 있단다.

그들은 온갖 방법으로 너의 것을 빼앗으려 하지!

그래서 내가 이곳에 있지 않느냐.

난 너의 능력이 이 모든 것들을 넘어설 때까지 너의 곁에

있을 거란다.

그리고 넌 너의 카페 이름조차도 나의 이름으로 하지 않

았느냐.

그 때문이라도 난 널 지킬 것이란다.

신의 말씀에 마음이 조금 놓입니다.

어찌 된 일인지 전 이 나라뿐만 아닌 세계적으로도 유명한 이단들과도 부딪쳤고 지금의 카페 역시 이단이 운영하던 카페였기에 그들의 방해는 물론이고 그들과 연결된 관의 사람들로부터도 미움을 받았습니다.

이곳은 시에서 관리하며 최고 입찰가로 사업주를 선정하였지만, 법에 의하여 정당하게 입찰을 받았음에도 카페를 운영하는 데 있어 너무나 많은 고난이 있었습니다. 아마도 전 그들에겐 눈의 가시 같은 존재였나 봅니다.

전 지금도 그들과 보이지 않는 전쟁을 하고 있습니다. 아마도 신께서 제 곁에 없었다면 전 버티지 못했을 것입니다.

호숫가에 부딪치는 달빛이 참 아름답습니다.

너희들이 애초에 나의 곁에 있었다면 그런 고통이나 아

품도 없었을 테지.

너희에게 고통을 주는 이들은 나와의 관계가 희석된 이들이란다.

그들은 이미 세상의 선악과에 충성하는 자들이지.

이처럼 오래전 에덴에서 너희들이 떠나던 날부터 지금까지 난 시간이 지날수록 너희와의 관계성이 사라질 것을 염려하였단다.

그건 분명히 일어날 수밖에 없는 일이었어.

난 너희들을 창조하였고 너희들은 나의 보호 속에서 자유하고 번성해야 했지만, 루시퍼의 계략으로 인해 이 모든 것들이 어긋나 버렸지.

루시퍼가 너희들을 미워하기도 했지만, 너희를 유혹한 이유는 인간들의 죄를 끊임없이 고발하는 입장에 섬으로서 자신을 지키기 위해서였단다.

그것을 잘 알고 있던 난 그의 머리를 상하게 할 여자의 후손을 예언하였지.

루시퍼는 나의 예언을 무척 두려워하였어!

여자의 후손으로 인하여 너희들에겐 새로운 기회의 주어짐이 자신에게 멸망임을 알았기 때문이야.

루시퍼에겐 인간들의 죄 사함과 구원은 자신의 존재가 더 이상 존재할 수 없는 치명적인 일이었지.

그것을 인지한 루시퍼는 자신이 살기 위해 더욱 교활한 책략을 시행하였어.

그것은 태초에 너희에게 그려 넣은 나의 지문들을 모두 지우는 것이었지.

그렇게만 된다면 변질되고 더러워진 피로 인해 여자의 후손이 태어날 수 없기 때문이야.

그 당시 난 너희들을 지키고자 너희들의 땅에 또 다른 천사들을 내려 보냈단다.

그들은 루시퍼와 북쪽의 타락 천사들과의 치열한 전쟁에서 승리한 거룩한 천사들이었으며 나의 전사들이었지.

그들의 임무는 너희를 보호하고 너희들의 잘못을 중보기도 하는 것이었어.

그러나 루시퍼의 유혹에 넘어간 그들은 인간의 딸들을 아내로 삼았고 천사와 인간 딸들의 결합으로 인해 네피림(거인족)들이 세상에 태어나게 되었단다.

그들 네피림의 본성은 하늘에 속해 있는 천사이기도 했지만 또 한편으로 땅의 인간이기도 했기에 시간이 지날수록 그들은 흉포해졌지.

너희들의 땅은 곧 네피림들로 인해 황폐해지고 피로 물들었으며 너희의 고유한 유전자는 더럽혀졌어.

그 누구도 네피림들의 흉포함을 잠재우지 못하였고 그로

인해 너희들에게 새겨 넣은 나의 지문들이 점차 사라지고 있었단다.

너희들은 나의 형상을 따르고 나의 입으로 혼을 불어넣어 준 존재들이지 않니!

그것은 너희들의 몸 깊은 곳에 내가 새겨 넣은 태초의 유전자들이 각인되어 있다는 것이지.

그것이야 말로 신과 인간의 가장 강한 관계성이며 인간들의 가장 강력한 힘이기도 하단다.

그 사실을 알고 있던 루시퍼는 여자의 후손을 막기 위해 인간들이 가진 고유한 유전자들을 배도 천사와 네피림들을 통해 더럽히려 하였지.

그렇게만 할 수 있다면 더럽혀진 피로 인해 순결해야 할 여자의 후손은 물론이고, 너희에게 주는 구원도 박탈할 수 있기 때문이야.

루시퍼는 지금도 너희에게 심어 놓은 나의 유전자를 더럽히려 혈안이 되어 있고 그의 추종자들과 함께 이 땅에 온갖 질병들을 퍼트리고 있단다.

정말 놀라운 이야기였습니다.

결국 이 땅에서 삶을 영위하는 인간들 사이엔 우리를 태초의 모습으로 돌리려 하는 창조주와 그것을 방해하는 루시퍼의 영적

전쟁임을 알았기 때문입니다.

　루시퍼는 우리를 인질 삼아 자신의 영원성을 연장하는 도구로 사용하는 것입니다.

　이런 것들은 인간의 지혜로는 파악하기 힘든 진실들입니다. 세상에는 너무나 많은 이야기들이 떠돌고 있기 때문입니다.

　우린 그렇게 하루하루가 위태롭습니다.

　이 물질세계는 잠시의 여행지일 뿐이고, 언젠가 돌아가야 할 곳을 우린 스스로 선택해야 하기 때문입니다. 이 땅의 법칙에 익숙해진 우리에겐 그 길이 너무나 험난할 뿐입니다.

　그러므로 우린 더욱 지혜롭고 단단해져야 합니다.

　우리 모두는 그동안 세상에 떠돌던 음모론들이 현실화되는 시점에 살고 있습니다. 그러나 우린 공중 권세(media)를 장악한 그들의 권력으로 인해 진실에 접근하기가 너무나 어렵습니다.

　물론 진실을 알고 있는 극소수의 사람들이 존재하지만, 그들은 음모론자 또는 미친 사람으로 취급되며 세상으로부터 외면당합니다.

　그러므로 그들의 말에 귀를 기울이는 이들은 그들보다 더욱 적습니다.

　어둠의 세력은 전 세계의 정치와 금융, 기업과 종교 그리고 예능계는 물론 각 기관과 단체에 깊고 넓게 퍼져 있습니다.

　그들을 움직이는 세력들의 역사는 아주 오래전 바빌로니아(바

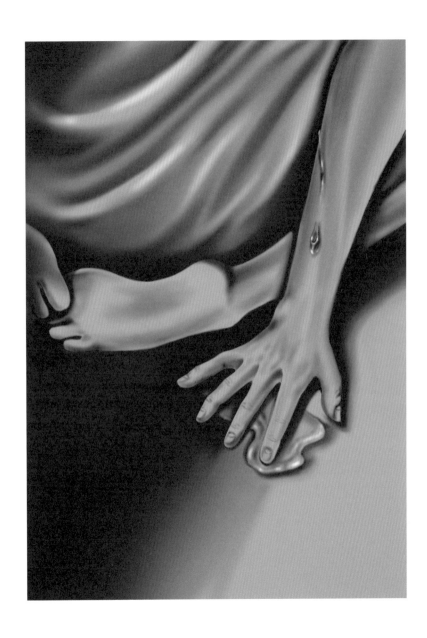

벨론 제국)의 니므롯 왕가에서부터 시작되었으며 우리가 알고 있는 현대의 모든 신들과 토속 신앙들 또한 대부분 그때에 만들어졌습니다. 바빌로니아의 통치 시대에 신이 인간을 창조한 것이 아니라 인간이 가짜 신들을 만든 것입니다. 그것은 큰 뜻에서 해석하면 하나님과 인간의 관계성을 훼손시키려는 목적입니다.

루시퍼는 그렇게 이 땅의 구석구석에 수많은 자신의 분신들과 선악과를 뿌려두었습니다. 그 이유는 인간들을 피의자의 신분으로 만듦으로써 자신의 존재와 영원함을 지키려는 마음 때문입니다.

그는 그렇게 수천 년간 자신의 멸망을 두려워하였습니다.

06.

영혼의 눈

늦은 밤, 하늘을 가르는 꼬마 별이 긴 꼬리를 흔들며 사라집니다.

가끔은 아무도 없는 카페에서 그렇게 하늘을 바라봅니다. 좋아하는 음악을 듣거나 글을 쓰거나 혼자 기타연주를 하기도 하지만 마음이 더욱 무거워지고 생각이 어지러워지면 활을 쏘거나 검을 휘두르기도 합니다.

태생이 그런지 전 혼자 있는 것을 좋아합니다. 그리고 자신을 드러내는 것에 수줍음이 많습니다. 어쩌면 글을 쓰는 이유도 대중 앞에 직접 나서는 것보단, 이 것이 편해서일 것입니다. 빈 공간을 채우는 화백의 그림처럼, 글 역시 그 못지않게 작가의 숨겨진 내면을 잘 투영해 주기 때문입니다.

의심이 많은 사람들은 가끔씩 저에게 이런 질문을 합니다.

당신이 진짜 능력이 있다면 왜 세상에 이름이 알려지지 않느냐고 말입니다. 미디어가 발전한 세상이다 보니 조금의 재능과 독창성만으로도 찬사를 받는 이들이 많아졌기 때문일 것입니다. 아마도 그들처럼 이름이 나지 않는 이유는 스스로 준비가 되어 있지 않을뿐더러, 명성이나 유명세에 대한 욕심이 없기 때문일 것입니다.

사실 그런 것들을 별로 좋아하지도 않으며, 홀로 있는 자유와 고요함을 더욱 좋아합니다.

전 세상의 명예보다는 신의 품 안에서의 자유와 풍요를 원합니다.

그리고 지금은 다가오는 어두운 세상을 위해 준비하고 있습니다.

신께서는 어느 날 부족한 저에게 세상의 본질을 볼 수 있도록 눈을 맑게 해 주셨습니다. 아무리 많은 잔가지들과 수풀들이 진실의 나무를 에워싸도 영혼의 눈을 가릴 순 없습니다.

전 그들이 감추고 파묻어 놓은 깊은 나무의 뿌리부터 하늘 끝까지 뻗은 마지막 나뭇가지의 그림자를 보며 아파합니다.

신과 인간의 관계성 그리고 타락 천사들의 계획과 그들이 나누어 주는 선악과에 눈먼 정치인들과 기업인들 또 그들에게 장악된 언론과 꼭두각시들을 보며 분노하고 슬퍼합니다.

그들은 우리가 상상했던 뿔 달린 악마처럼 무섭고 더럽고 추악하며 역겨운 냄새로 우리에게 다가오지 않습니다. 그들은 누구보다 교활하고 교묘하게 그리고 매혹적이고 향기롭게 정의와 진리에 가깝게 다가옵니다.

그들은 세상의 아티스트들처럼 미화적으로 또는 회화적으로 어떨 땐 우스꽝스러운 모습으로 다가와 친근함을 표시하며 우리에게 손을 내밉니다.

그리고는 대중의 열광에 손을 흔들며 비열한 웃음으로 우리 곁에 서 있습니다.

이 모든 것들을 보면서도 제가 할 수 있는 일은 한정되어 있습니다.

그래서 더욱 답답하고 아픕니다.

신께선 이런 저의 마음을 잘 알고 계십니다.

그래서 어떨 땐 꿈속에서 또는 잠시의 묵상 속에서도 그도 아니면 지나치는 한 줄기 문장 속에서도 저에게 이야기를 하십니다.

혹시!
넌 이런 것이 궁금하지 않았느냐?

네! 맞아요.
얼른 알려 주세요.

그리곤 신의 이야기에 전 말합니다.

아니!
이런 사실들을 왜 세상에 알리지 않으셨어요.
사람들이 이 사실을 안다면 굉장히 많은 변화가 있었을

텐데요.

꼭 그렇지만은 않단다.

너희들은 나의 세상 속에서도 유혹으로 넘어졌고, 이 땅

에서도 언제나 그렇게 넘어졌지.

그처럼 진실을 안다고 해도 또 그것을 보았다 해도 대부

분 그것을 곧 잊어버릴 것이야.

그건 너희들 앞에 내가 현신하여도 마찬가지지.

두 세대가 지나기 전 나에 대한 기억은 멀리 망각 속으로

사라질 것을 난 안단다.

그것은 이미 오랜 역사를 통해 증명되었지.

듣고 보니 그렇습니다. 우린 언제나 그렇게 금방 잊어버립니다.

에덴에서도 노아의 시대에서도 모세의 출애굽에서도 여자의

후손을 통해서도 그 많은 신의 음성들과 증거들을 보았지만, 우

리의 역사엔 그냥 잊혀진 신화처럼 존재할 뿐입니다.

아마 신의 모습을 당장 전 세계의 미디어를 통하여 생중개를

하여도 우린 그것을 사기나 음모론의 일부로 생각할 것입니다.

이렇듯 지금 우리 영혼의 눈은 탁하고 어둡습니다.

아마도 그것은 탐욕의 대가일 것입니다.

세상에 존재하는 욕망과 탐욕에 대한 크기를 본다면 우린 일반

적으로 기업인과 금융가들을 떠올립니다.

그러나 그들보다 더욱 위험한 이들은 정치인들과 권력자들입니다.

그들의 권력욕과 탐욕이야말로 세상을 지옥으로 끌고 가는 불에 달궈진 쇠사슬입니다. 그들은 제도를 바꿀 수 있으며, 언론을 통제하고 군대를 일으키며 인간들을 선동하고 편을 가릅니다. 그들 모두는 인류를 위협하는 가장 악하고 비겁한 공생 관계이며, 그런 그들의 탐욕은 세상의 인간들을 다 팔아도 부족할 것입니다.

지금도 그들은 너 나 할 것 없이 모두 한 통속이 되어 세상의 모든 인간들을 깊고 어두운 바다 밑으로 끌고 가고 있습니다.

그들을 견제할 수 있는 세상의 종교인들과 언론들조차 어둠의 미혹과 탐욕으로 인해 스스로를 올무로 묶어 버렸습니다. 교회는 정부의 통제에 굴복하였고 일부 성직자들은 오만해지고 정치화되어 스스로 선지자라 거짓말을 합니다. 수많은 협잡군들과 이단과 사이비들이 세상에 넘쳐 납니다. 그들도 자신 대부분이 거짓인 것을 스스로 알고 있을 것입니다.

그럼에도 그들은 거짓을 멈추지 못할 것입니다. 욕망과 탐욕은 시간이 지날수록 스스로 성장하기 때문입니다.

정치, 종교, 경제, 문화 그리고 미디어 이 모든 것이 그들의 세력권 안에 있습니다. 그것들이 우리의 영혼에 더욱더 짙은 얼룩

들을 남기고 입습니다. 멀지 않아 굉장히 두렵고 고통스러운 시
간들이 올 것입니다.

너무 걱정하지 말렴.
세상의 것들이 언뜻 어지러워 보이지만 그 모든 것들 역
시 나의 질서 안에 있단다.
빛과 어둠, 하늘과 땅 그리고 탄생과 소멸, 이 모두가 나
의 의지 속에 있지!
나의 의지가 곧 세상과 우주의 질서란다.
그리고 너희는 영의 눈이 맑아질수록 이러한 질서들을
보게 될 것이야.

영혼의 눈이 맑아진다는 건 무엇인가요!

눈을 동그랗게 뜨며 신께 물어봅니다.

그건 나와 너희 관계성을 먼저 인지하는 것에서부터 시
작된단다.
그 관계성은 루시퍼가 나의 아들에게 행한 세 가지 시험
속에 모두 들어 있지.
그 답을 깨닫는 순간 너희는 그동안 보이지 않던 세상의

본질을 보게 될 거란다.

그러함 속에 천사들과 타락 천사들 또는 그들이 세상에 뿌려 놓은 선악과와 그것을 탐하는 자들 그리고 그런 세상을 어루만지는 나의 손길도 느낄 수 있지.

그렇습니다.

신은 타락 천사들처럼 자신의 위대함을 드러내 놓거나 유혹하

거나 선과 아름다움으로 치장하지 않으며 억지로 경배를 강요하지도 않습니다. 그분 자체가 완벽한 모든 것들이기 때문입니다.

그분은 진리와 고요함 속에 우리의 눈이 깨어나고 조각난 영성들이 다시 온전해져 태초의 아담과 이브로 돌아오기를 기다리실 뿐입니다.

그러나 그분 곁으로 가는 길이 참 쉽지 않습니다.

저 역시 수십 년을 돌고 돌아 겨우 그분 곁으로 갈 수 있었기 때문입니다.

얼마 전 루시퍼는 꿈을 통해 여자의 후손에게 행한 두 번째의 시험을 저에게 보여 주었습니다.

아! 정말.

루시퍼는 너무나 치밀하고 교묘합니다. 그가 말하는 질문의 뜻을 파악하지 못한다면 그 어떤 누구도 시험에 넘어갈 것입니다. 아니! 알고 있다 해도 인간의 욕망과 허영심으로 인해 넘어질 것입니다.

하물며 영혼의 눈이 깨어 있지 않은 우리 인간들이 그것을 피해 간다는 건 정말 불가능에 가까운 일입니다.

꿈의 환영 속에서 의기양양하게 여자의 후손을 예루살렘의 성전 꼭대기로 데려가는 루시퍼의 모습이 보입니다. 루시퍼는 여자의 후손에게 건들거리며 말합니다.

네가 하나님의 아들이거든 이곳에서 뛰어내려 보라.

 그 말의 진위는 많은 이들이 보는 중에 성전에서 뛰어내려 상
함이 없다면 인간들은 네가 신의 아들인 줄을 믿을 것이고 결국
단 기간에 더욱 많은 일을 이룰 수 있을 것이니 성전에서 뛰어내

려 너의 위대함을 세상에 알리고 영웅이 되라는 말이었습니다.

루시퍼는 여자의 후손이 시간이 없다는 걸 알고 있었습니다. 대홍수 이후로 인간의 생명은 더욱 짧아졌고 신의 임무를 끝마치기엔 시간이 너무나 촉박했기 때문입니다.

그러나 그 진위 속에 내포된 더욱 무서운 진실은 신의 계획하에 이루어질 모든 일들을 벗어나 스스로의 능력으로 영웅이 되어라. 즉 하나님의 앞에 서서 그 영광을 가로채라는 이야기였습니다.

수천 년의 기다림 끝에 여자의 후손이 이 땅에 내려온 것은 신의 계획안에서 모든 일들을 이루려 함이었습니다. 시간이 있든 없든 어차피 그 모든 것들은 하나님의 계획안에 이루어질 일들입니다.

그러나 루시퍼는 시간이 없으니 신의 뜻에 이루어질 모든 것들을 믿지 말고 스스로 나서서 더욱 빨리 신의 일을 행하라는 것이었습니다.

그러나 여자의 후손은 루시퍼의 속마음을 알고 있었습니다.

그것은 신의 영광을 먼저 가로채는 짓임을 알고 있었기 때문입니다.

신의 일을 행함에 영웅은 필요 없습니다. 그 누구도 신의 영광의 앞자리에 서서 그분의 영광을 가로채서는 안 됩니다. 그 누구도 신의 계획과 역사 속에 그분의 앞에서 영광을 가리는 이가 되어서도 안 됩니다.

그것은 우리의 능력으로 신의 사업이나 일을 행하는 것이 아니라, 신의 법칙과 계획된 질서 안에서 우리가 그분의 일에 동참하는 것이기 때문입니다.

세상의 성직자들 중엔 성전(교회)을 세우고 어린양들을 인도한다는 명목으로 명예와 재물을 탐하는 이들이 종종 있습니다. 그건 그곳에서 높은 직분을 단 이들(장로, 권사)도 마찬가지일 것입니다.

그러나 그건 잘못된 착각입니다. 어차피 신의 계획 안에 이루어질 일들에 잠시 쓰인 것뿐입니다. 그 쓰임에 교만하여 자신을 내세우지 말아야 하고, 그 쓰임에 감사하고 겸손해야 합니다. 그렇지 못한 이들은 달콤한 선악과에 현혹된 것입니다.

성전과 교회 안에서조차 선악과는 존재합니다.

성도들의 피와 땀으로 모이는 헌금으로 세상을 밝히는 것이 아닌 자신의 영화와 이득을 꾀하는 자들 그리고 신을 팔아 장사하고 자신의 탐욕을 채우는 이들은 명심해야 합니다.

루시퍼가 던진 두 번째 질문에 굴복한 것임을….

그들은 이미 신과의 관계성에서 멀리 벗어나 있음을….

여자의 후손에게 던진 루시퍼의 두 번째 질문은 그렇게 간교하고 교묘한 것이었습니다.

난 내가 이길 줄 알았다.

나의 두 번째 유혹은 수많은 인간들을 쓰러트렸고, 성경의 위대한 이들조차도 피해 갈 수 없었지.

인간들의 허영심과 욕망은 우리들도 혀를 내두를 정도였으니까.

난 여자의 후손에게 단순히 예루살렘의 성 위에서 뛰어내려 자신을 증명하라 했지만. 그 질문엔 엄청난 의미들이 숨겨져 있었다.

그러나 여자의 후손은 그 모든 걸 알고 있었어!

하나님의 법칙 안에서는 목적과 수단이 모두 하나님께서 인정하는 방식으로 이루어져야 함을 말이다.

지금의 너희들처럼 목적을 이루기 위해 수단을 정당화하지 않지.

하나님께서는 언제나 자신의 방식으로 일을 하셨어.

그분은 거센 폭풍이나 불속이나 천둥 속에서 자신을 드러내지 않고 오히려 고요하고 작은 음성으로 일을 행하시지.

창조신이자 유일신이기에 너희에게 자신이 신이라는 것을 애써 소리 내어 증명할 필요도 없어.

그것이 내가 아는 신의 방식이다.

난 그것을 알고 있기에 여자의 후손을 넘어트리려 하였지만 부질없는 짓이었지.

난 결국 실패하였고 잠시 숨을 고르며 이를 갈아야 했다.

젠장!

그는 나에게 자신이 신의 아들이라고 굳이 말하지는 않았지만, 그는 오래전 예언된 신의 아들이 분명했다.

오히려 이 땅에서 자신이 신이라고 우기는 것들이 모두 가짜이다.

모두 신이 되고 싶어 신을 흉내 낼 뿐이지.

그 누구도 창조의 영역을 침범할 수는 없어. 어차피 능력도 안 되는 신의 피조물들이니!

그러나 너희들은 참 우습게도 그런 하찮은 것들에게 절을 하며 숭배하지.

어차피 상관없다.

그 모두가 나의 분신들이고 자식들이니!

진정한 신의 자녀들은 이 땅에 얼마 되지 않는다.

그건 이 땅의 선악과에 유혹당하지 않고 과정과 목적이 신께서 인정하는 방식으로 이루어져야 하기 때문이지.

신에게 가는 길은 절대 쉽지 않다.

곳곳이 올무이고 덫이지.

만약 너희들이 주체할 수 없는 열정과 교만으로 인해 신의 영광을 가로챈다면 너희들은 그분의 곁에 설 수 없을 것이다.

그건 곧 나의 유혹에 넘어오는 것이기 때문이지.

그렇게 난 이 땅을 나의 자녀들로 가득히 채웠다.

난 언제나 너희들의 속삭임과 마음 끝 탐욕스러움에 귀
를 기울이지.

너희들이 결핍과 고통에 못 이겨 애타게 문을 두드리며
울부짖을 때가 나에겐 가장 좋은 기회이다.

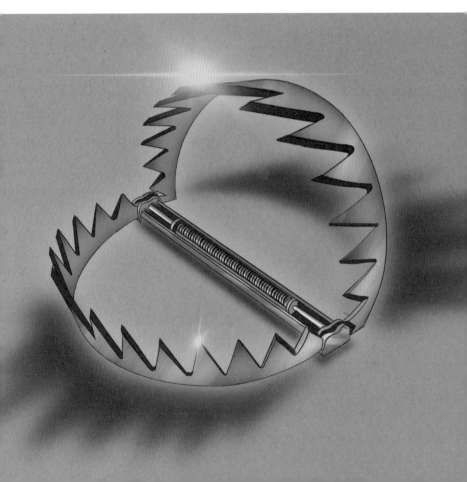

난 언제나 검은 장막 뒤에 몰래 숨어 그 순간이 오기를 숨죽이며 기다리지.

그건 너희들 대부분이 결핍과 배고픔으로 인해 온전했던 인간의 본성은 사라지고, 욕망과 탐욕으로 가득 찬 채 울부짖는 짐승들의 영혼으로 변했기 때문이야.

바로 그때가 그 문을 활짝 열고 화려하게 너희를 맞이하는 영광의 순간이지.

언제나 난 활짝 열린 마음으로 그런 너희들을 두 팔 벌려 환영해.

난 신비스럽고 아름다운 모습으로 나타나 너희의 탐욕과 욕망 그리고 배고픔과 결핍을 해결해 주지.

모든 수단과 방법을 가리지 않고 말이야!

너희들이 원하는 바가 악인지 선인지, 그로 인해 누군가 아픔과 슬픔을 겪든 말든, 그런 건 나에게 전혀 중요하지 않아!

나의 목적은 너희들의 욕망을 채워 주고 그 대가로 영혼을 받는 것이니까.

오히려 그들로 인해 생기는 다른 인간들의 다툼과 불행 역시 나에겐 아주 값진 보너스일 뿐이지!

인간들은 언제나 신을 원망할 테니 말이다.

하하하!

하…,

한숨이 나옵니다. 루시퍼의 말이 틀리지 않기 때문입니다. 우리는 불행에 대하여 신을 원망할지언정, 사탄인 루시퍼를 원망하진 않으니까요.

신께서는 언제나 너희들이 요구하는 축복 또는 물질과 소망이 오히려 자신에게 오는 길을 막을 것을 염려하시지.

그건 인간들이 언제나 작은 것엔 불평하고 큰 축복엔 교만하여 신을 떠났기 때문이야.

세상에서 이루려 하는 꿈과 소망보단 신과의 관계성 그리고 변치 않는 믿음이 우선시되어야 하지만 마음 급한 너희들은 오직 욕망을 채울 축복만을 먼저 원하지.

혹여 너희들이 원하는 바가 선한 일이어도 그보단 신과의 변치 않는 관계 확립이 먼저이고, 그다음이 세상에 대한 사명과 소명이야.

그렇지 않다면 나의 두 번째 유혹에 넘어간 인간들처럼 신의 자녀로서 일을 행하는 것들이 자신의 영광을 위한 것들로 변질되고, 그것은 곧 하나님의 법칙 안에서 이루어지는 모든 영광들을 가로채는 행위이기 때문이지.

주변을 둘러봐. 그런 인간들은 세상에 널리고 널렸으니!

너희들이 생각하는 것처럼 신의 목적은 그렇게 거창하지

않아!

오직 사랑하는 인간들이 자신의 곁으로 돌아오기를 바랄 뿐이지.

그 길은 무척 멀기도 하지만 아주 가깝기도 하지.

그리고 그 길에 대한 답은 이미 모두 나와 있다.

내가 여자의 후손에게 한 질문들 속에 말이다.

그것도 모르는 인간들을 신이 어떻게 먼저 축복을 하겠어!

그러니 내가 먼저 너희를 축복할 수밖에!

으하하하하.

난 절대로 실패하지 않아.

언제나 명심해야 할 거야!

너희들의 갈급함에 응답하는 이가 꼭 신만은 아니란 걸!

07.
너에게 비밀을 알려 줄게

전 지금 꿈을 꾸고 있습니다. 모든 것들이 너무 선명하고 맑아 현실인지 꿈인지 잘 구분이 되질 않습니다.

저에게 세상을 다 주어도 바꾸지 않을 만큼 사랑하는 딸들이 아름다운 호수 앞 카페의 불빛에 의지하여 즐겁게 뛰어놀고 있습니다.

딸아이들은 마냥 즐겁기만 합니다. 세상은 혼란스럽고 암흑으로 가득하지만, 아빠가 지키고 있는 카페의 불빛이 아이들의 마음을 든든하게 지키고 있었기 때문입니다.

천진난만한 아이들의 미소가 원을 그리며 호수 위를 잔잔하게 흔듭니다.

그러나 곧 평화롭던 풍경은 사라지고 하늘이 어두워지며 처음 듣는 거대한 굉음이 주변에 울려 퍼집니다.

소리에 놀란 아이들이 뒤를 돌아보니 아빠의 카페에 검붉은 불꽃이 하늘 높이 솟구치며 활활 타들어 가고 있었습니다.

그 불꽃은 너무 뜨겁고 격렬하여 호수 전체를 붉게 물들이며 주변을 폐허로 만들고 있었습니다.

놀란 아이들은 허둥지둥 카페로 달려갑니다.

그러나 그 짧은 시간 속에 카페는 모두 불에 타 없어지고, 어지럽혀진 잔해 속에 고개를 푹 숙이고 있는 아빠의 모습과 그를 둘러싼 수많은 경찰들이 보입니다.

아빠의 목에 걸린 굵은 밧줄과 두 손에 묶인 검은 쇠사슬에 아이들의 눈에 눈물이 고입니다. 아이들은 울며 아빠에게 달려가려 하지만, 주변을 포위한 경찰들이 뿔 달린 험악한 악마로 변하며 두 아이의 길을 막아섭니다.

아이들은 두려웠지만 아빠를 포기할 수 없었습니다. 그들의 붉게 충혈된 눈과 날카로운 손톱을 겨우 뿌리치며 아이들은 아빠에게 달려갑니다.

그런데 영원히 끊길 것 같지 않던 굵은 밧줄과 쇠사슬이 아이들의 손에 닿자마자 의외로 허무하게 잘려 나갑니다. 밧줄과 쇠사슬이 사라지자 무섭게 아이들을 노려보던 악마들도 먼지처럼 사라져 갑니다.

아이들은 아빠의 손을 꼭 잡으며 안도의 숨을 내쉽니다. 어린 두 딸은 다행히 사랑하는 아빠를 구할 수 있었습니다.

전 그렇게 꿈에서 깨었습니다.

간밤의 꿈이 너무나 선명하였던 저는 신에게 달려가 물어봅니다.

신께선 빙긋이 웃으며 말씀하십니다.

네가 그동안 세상의 시험에 굴복하지 않은 이유는 네가
선택한 아내와 두 딸 때문이었지!
특히 네가 가진 자녀에 대한 사랑은 매우 강력했단다.
넌 어떤 이유에서건 딸들만큼은 세상의 어둠으로부터 보
호하고 싶어 했어.
네가 그동안 겪은 고단한 시련들과 아픔을 이겨 낼 수 있
었던 것도 그런 너의 절실한 마음 때문이었음을 난 알고

있었단다.

그러나 너만이 아이들을 간절히 지키고 있었던 건 아니었어.

너에게 주어진 딸들 역시 널 간절하게 지키고 있었단다.

세상의 고난과 시련에 너의 마음이 흐트러지지 않도록, 언제나 고사리 같은 손과 발로 아장아장 걸어와 방긋 웃으며 너의 품에 안겨 주었지.

그렇게 너흰 수많은 악마들에게 둘러싸인 채, 이 세상에서 서로를 간절히 지켜 주고 있었던 것이야.

그동안 넌 너를 통해 태어난 딸들이 그냥 우연이라 생각하였겠지만.

그건 널 지키기 위한 나의 계획의 일부일 뿐이란다.

부자의 삶과 가난한 삶 그리고 좌절과 고통 등 여러 체험을 하게 한 것도 널 완성시키기 위한 나의 계획이었지.

그로 인해 너의 가족은 이제 온전히 나의 것이 되었잖니!

난 언제나 너에게 좋은 것만 주었단다.

기대하렴.

너에게 더욱 많은 것을 줄 테니.

그랬습니다. 저의 삶은 그분의 계획 안에 있었음을 이제야 알게 된 겁니다.

한때는 누군가의 통제와 계획 안에 있다는 것이 너무나 싫었습니다. 단 한 번밖에 없는 내 삶이고 내 인생인데 왜 내 마음대로 못 하는 건지!

세상의 쾌락과 부귀영화도 누려 보고 싶고, 자유롭게 세상을 마음대로 살며 간혹 못된 짓도 좀 해 보고, 잘난 체하며 다른 사람 위에 군림도 하고 싶었습니다.

그러나 그런 저를 신께서는 가만두지 않으셨습니다.

낮은 의식부터 높은 의식까지 체험하게 하시고, 세상의 자유함을 빼앗고 그분 안에서의 자유함만을 허락하셨습니다.

전 이미 태어날 때부터 그분의 계획 속에 있었던 것입니다. 그것을 깨닫기까지 너무 많은 고통과 시련이 있었습니다.

문득 얼마 전 숨겨진 비밀을 알려 주겠다며 으스대던 루시퍼의 모습이 떠오릅니다.

난 너희 인간성의 파멸을 원한다.

가난과 굶주림으로 인한 파멸!

가진 것이 많아 세상의 쾌락만을 찾아 떠도는 영혼들의 파멸!

옳다고 생각을 하면서도 외면하는 겁쟁이들과 자신의 이익만 취하는 비겁자들의 파멸과 파괴를 원한다.

신께서 원하는 건 신과 인간의 관계성을 인간들이 깨닫

는 것이었지!

진정한 축복은 그것이기 때문이야.

언제나 그렇듯 신께선 너희들이 태초의 모습으로 돌아가길 원하신다.

모두가 행복하고 온전했던 그때로 말이지.

그러나 너희들은 세상에서 이루려 하는 꿈과 소망이 그분과의 관계보다 항상 먼저였어!

그 꿈과 소망 속엔 더러운 욕망과 이기심 그리고 수치심을 잃어버린 짐승들의 마음으로 가득 차 있었지.

난 그런 신과 인간들의 빈틈을 후비고 들어가 너희들의 영혼과 마음을 사냥한다.

난 아주 오래전 여자의 후손에게도 이것을 시도하였지.

난 그에게 온 세상의 부귀영화를 보여 주며 나에게 단 한 번의 경배를 원하였다.

수천 년간 그 어떤 인간도 이 유혹에서 자유롭지 못하였어.

너희 인간들 중 가장 지혜롭다는 솔로몬 왕조차도 결국 군중들의 요구에 타락한 바빌론과 가나안의 우상들에게 경배하는 것을 허락하였을 정도로 말이다.

결국 그조차도 군중의 요구에 무릎을 꿇은 거야, 아니면 경배의 진정한 의미와 힘을 알지 못했을지도 모르지!

다시 말하지만, 너희들의 생각처럼 인간들의 경배는 그

렇게 단순한 게 아니다.

그 이면엔 엄청난 힘과 뜻이 숨겨져 있지.

나를 비롯해 신을 흉내 내는 것들이 인간들의 경배를 원하는 진짜 이유가 무엇인지 알려 줄까?

그건 바로 너희들의 형상이 신의 형상을 닮았기 때문이야!

너희들은 다른 존재들과는 달리 그분을 위해 창조되었다.

그분과 함께하기 위해 그분을 닮은 형상으로 창조된 것이지.

그런 너희들의 경배를 받는다는 건, 그 자체가 누구든 그를 신의 자리에 올려놓는 것과 마찬가지야.

수많은 토속 신앙과 가짜 신들이 그렇게 인간들의 경배와 염원으로 태어났지!

너희들의 경배와 믿음이 결국 신을 창조하는 것이란 말이다.

오직 그분만을 위해 세상에 태어난 너희들의 경배는 그만큼 값진 것이다.

더욱이 인간들의 죄를 대속하기 위해 내려온 신의 아들의 경배라면 이깟 세상쯤은 얼마든지 줄 수 있어.

경배의 가치는 그토록 차원을 달리하는 대단한 것이지만, 어리석은 인간들은 이미 그 가치를 잊은 지 오래다.

너희는 수천 년 전이나 지금도 자신의 이권과 소망을 이루기 위해 수많은 우상들에게 경배를 하고 있지.

내가 여자의 후손을 미혹하기 위해 던진 세 가지 질문에 신과 인간의 관계성에 대한 모든 진실이 담겨 있다.

이것을 깨닫지 못한다면 그 누구도 그분께 함께할 수 없을 거야!

난 너희들의 경배를 받기 위해 이 세상에 수많은 가짜 신들과 선악과를 뿌려 두었다.

그것은 너희들의 기도 속에 너희들의 몸에 흐르는 피 속에 지금도 유유히 흐르고 있지!

태초에 에덴의 풍요로움 속에서 살던 너희들에게 이 세상의 불편함은 오히려 당연한 것이지만, 그 불편함으로 인해 너희는 본성도 잊은 채 수천 년간 나에게 영혼을 팔고 있어.

아무리 오랜 시간이 흘러도 신과의 관계성을 진정 깨닫지 못한다면 결국 너희들은 카인과 뱀의 후손들처럼 어둠의 자식들로 남을 것이다.

그들은 지금도 성전 안에서조차 이권을 얻기 위해 서로를 음해하며 열심히 다투고 있지!

여자의 후손이 아버지의 집을 장사꾼의 집으로 만들었다며 호통을 친 것도 그런 이유였지만 2천 년이 지난 지금도 너희는 언제나 똑같아!

그건 내가 세상에 뿌려둔 선악과가 세상 곳곳에서 아주 잘 자라고 있다는 증거이지.

내가 신에게 대항하고도 존속할 수 있는 이유도 바로 그런 인간들 때문이다.

너희들의 어리석음과 무지함이 결국 날 이 땅의 왕으로 만든 것이야.

하하하.

08.
하나의 별에 하나의 영혼

호수 거울에 붉은 노을이 반짝입니다.

잠시 카페의 테라스에 앉아 호수에 반사되는 노을이 너무나 아름다워 넋을 잃고 바라봅니다. 어디가 하늘이고 호수인지 구분이 가질 않습니다. 마치 지금의 세상이 무엇이 실체이고 무엇이 허상인지 구분할 수 없는 것처럼….

세상에 떠도는 다양한 음모론들은 어쩔 땐 사실로 또는 거짓으로 우리 앞에 나타납니다. 그러나 대부분의 사람들은 그런 것에 관심이 없습니다.

오로지 현재에만 집중하기 때문입니다.

호수의 파란 물결과 평화로움에 대해 생각할 뿐 눈에 보이지 않는 그 물밑 속에 어떤 위험과 비밀스러운 일들이 일어나고 있는지는 관심이 없습니다.

이곳에서 평화롭게 산책하며 담소를 나누는 다정한 연인들과 그의 가족들….

천진난만하게 뛰어노는 아이들과 귀여운 강아지들까지 한 폭의 그림처럼 아름답습니다.

그러나 곧 이런 아름다운 모습들은 흐릿하게 사라지고 전 고뇌와 슬픔을 마음에 담고 호수를 배회할 것입니다. 저 끝에서부터 밀려오는 검은 먹구름은 저의 눈에만 보이는 건지 마음이 아리고 슬퍼집니다. 이제 곧 대부분의 사람들은 긴 아픔의 시간을 보내야 할 것입니다.

그것을 알기에 저의 마음이 더욱 조급해집니다. 그러나 가진 능력이 부족하여 저의 앞가림은 물론이고 이 위기를 대비하는 것조차도 버겁습니다.

아무리 고민을 해 보아도 제가 할 수 있는 일들은 많지 않습니다. 잠을 못 이루는 밤이 점점 많아집니다.

뭘 그리 고민하느냐!

아! 오셨어요.

녀석!
아까부터 와 있었단다.
흠! 요즘 나에게 너무 관심이 없구나.
예전처럼 또 한판 해야 하나!

아니! 무슨 말씀을요.

제가 얼마나 신님을 사랑하는데요.

잘 아시면서 그러세요.

하하하.

알고 있단다.

그런데 무엇이 너를 그리 고민스럽게 하느냐?
어서 나에게 말해 보렴!

다름 아니라요.
다가오는 고통과 아픔을 피할 방법이 생각이 나질 않아
서요.
우리 인간들은 정말 이 모든 걸 겪어야 하나요!
결국 이 땅의 주인인 루시퍼의 계획대로 그 어둠의 세력
들에게 굴복해야 하는 건가요?
신님은 아시잖아요.
인간들은 굶주림과 고통에 매우 나약하다는 걸….
분명 인간들이 부끄러움과 수치심을 잃어버린 채 짐승
같은 삶을 살 거라는 것을….
저의 눈엔 이 모든 것들이 보여요.
이젠 정치, 경제, 금융, 언론은 물론이고 교육까지 모두가
그들의 손안에 있어요.
부자나 가난한 자 모두가 그들에게 속고 있지요.
어쩌면 우린 영영 하늘나라의 본성을 잃은 채 땅의 짐승
들로 삶을 마감할 수도 있어요.
우린 이 모든 걸 꼭 겪어야만 하나요!

그 모든 것들은 아주 오래전부터 예정되어 있었단다.

그러나 언제나 그러듯이 너희들에게도 선택권은 있었지.

태초부터 말이다.

난 언제나 너희들의 자유 의지를 존중해 주었단다.

너희들이 가짜 신을 만들고 그것들에게 경배할 때도!

너희가 신을 부정하고 영혼이나 천국이 환상이라고 말을 할 때도!

난 언제나 듣고만 있었지.

그 이유는 나에겐 강제하여 명령을 듣게 하는 군인이 필요한 것이 아니라, 오로지 믿음과 자유의지로서 나와 함께할 하늘나라의 신민들이 필요했기 때문이야.

나의 권위에 복종하는 군인이 아닌, 날 진정으로 사랑하여 따르는 신민들 말이다.

그러기 위해선 난 너희들을 구분해야 한단다.

알곡과 쭉정이를 말이다.

이 세상은 잠시 쉬어 가는 여행지이며 한편으로 한정된 체험장이기도 하지!

그렇기에 이곳에서의 소유물들은 영원하지 않단다.

난 너희를 만들기 전 아주 오래전에 세상을 만들었지!

거대한 별을 터트려 빛과 어둠을 나누고 공간을 나누어 그곳에 맞는 존재들을 창조했단다.

이 세상은 너희가 상상하는 것 이상으로 넓고 크단다.

언뜻 보이는 수많은 행성과 별들로 가득 차 보이지만, 사실 그 공간들이 허무할 정도로 말이지.

그러나 그런 빈 공간을 채우는 건 달과 태양도, 수많은 별들도 아닌 바로 너희들이란다.

너희들의 영혼과 의식 그리고 기억들과 모든 생각의 에너지들이 이 우주를 조금씩 채워 가고 있지.

그건 나에겐 이 세상의 물질은 깃털처럼 가볍고, 너희 영혼의 값어치는 그보다 더욱 무겁기 때문이야.

하나의 별과 하나의 영혼이 나에겐 모두 같단다.

그 영혼의 무거움 때문에 루시퍼는 수천 년간 너희의 영혼을 가지려 하는 것이고, 난 그것을 막으려 하는 것이지!

이렇듯 하늘의 모습이 물에 그대로 투영되는 것처럼 진실은 늘 단순했습니다. 그러나 루시퍼와 그의 추종자들은 음모와 계략과 선동으로 모든 인간들의 눈을 가렸고 많은 인간들이 그런 어둠의 속삭임과 망상에 중독되어 길을 잃어버렸습니다.

우리 이미 옳고 그른 것을 구분하지 못할 정도로 망가져 버렸습니다. 이득이 되는 일이라면 남의 불행은 아랑곳하지 않습니다. 거짓말과 사기도 능력이고 오히려 그런 것에 속는 사람이 바보라고 합니다. 과정이 아무리 더러워도 자신에게 좋은 결과이

면, 그것이 곧 옳은 것이 되어 버렸습니다.

지지하는 사람이 파렴치한 범죄자여도 자신에게 이익이 된다면 아무런 상관이 없습니다. 정치인들은 표를 위해 움직이고 이 나라의 기득권들은 그 사실을 잘 알고 있습니다. 그들은 현란한 언변과 괴변으로 사람들에게 독이 든 사과를 먹이고 그 달콤함에 취한 사람들은 그를 지지합니다. 정치의 길이 항상 바를 순 없지만 그들이 꼭 지켜야 할 국가의 이익과 국민의 자유와 권리도 그들에겐 중요하지 않습니다.

오직 권력의 유지만이 관심사입니다. 그것을 견제해야 할 시민단체들은 돈에 굴복하여 변질된 지 오래전입니다.

그 나라의 정치인들과 사회적 현상은 그 나라 국민들의 의식 수준에 비례합니다. 누가 누구를 탓할 수가 없습니다.

우린 보수와 진보를 부자와 가난한 사람을 남자와 여자를 분열시켜 싸우고 험담합니다. 그래야 한쪽의 지지를 받아 권력을 유지하기 쉽기 때문입니다.

정의나 상식은 없습니다. 오직 자신들의 이익만을 위해 싸울 뿐입니다.

우린 이미 자정능력을 잃어버렸습니다. 이 세상은 짐승들의 영혼으로 가득 차 있습니다. 우린 그렇게 모두 태초의 고결한 인간의 영혼에서 더러운 짐승의 영혼이 되어 가고 있습니다.

그 끝의 결과는 자유 의지의 말살과 통제 그리고 빈곤일 것입니다.

신을 만난 이후 오히려 이 지구별에서의 저의 삶이 점점 불편해지는 이유도 이런 사람들이 세상에 너무 많기 때문입니다.

인간의 육신에 담긴 우리 영혼들은 우리가 누구였는지를 기억하지 못합니다.

그렇기에 이 지구별은 저의 고향이 아닌 것이 분명합니다.

전 언제든 이 땅을 떠날 준비가 되어 있습니다.

육신의 존재성은 이 땅의 법칙에 속해 있지만, 영혼과 의식은 저 하늘 끝에 걸려 있습니다. 어쩌면 하늘에 핀 노을을 유난히 좋아하는 이유도 그래서일지 모릅니다. 노을은 낮과 밤의 경계선, 실체와 꿈 그리고 탄생과 소멸이 교차하는 마법과 같은 시간이기 때문입니다.

각성하는 사람들은 무리에서 떨어진 채, 홀로 빛나는 외로운 별과 같습니다. 그 별처럼 이 땅에서의 우리의 삶이 조금은 공허하고 외로운 이유도 공유하기 힘든 영혼의 의식과 차원이 다른 주파수 때문일지도 모릅니다.

우린 같은 인간이지만 서로 다를 수밖에 없습니다.

의식이란 아주 낮은 곳부터 높은 곳까지 존재합니다. 그 의식의 분포지마다 그 에너지의 파장과 진동수가 다르기에 결국 사람들은 자신의 의식이 통용되는 비슷한 진동수를 가진 이들을 찾게 됩니다. 그래서 그 사람을 알고 싶다면 그 사람의 주변을 보라는 말이 있는지도 모르겠습니다.

우리는 결국 의식의 힘과 진동수가 비슷한 이들에게 끌리기 때문입니다.

그렇듯 신과 우리가 서로 공명하려면 결국 우리가 가진 의식의 주파수가 그분을 향해야만 가능하다는 이야기입니다.

그러나 우리 대부분은 주파수를 잘못 잡습니다. 그 또한 루시퍼의 계략이기도 합니다. 이 세상은 신의 품 안에서의 자유보다 그분을 벗어난 자유가 더욱 아름답고 즐겁다고 선동하기 때문입니다.

그럼에도 우린 절대 잊지 말아야 합니다.

이 세상에서 삶은 깃털처럼 가볍고, 우리 영혼의 무게는 하나의 별과 대등하다는 것을….

우리 모두는 그 하나의 별에 그 하나의 영혼임을….

09.
지구별 감옥

전 오래전부터 이 지구별이 감옥처럼 느껴졌습니다. 그래서 진실과 거짓을 구분하려 애썼고 현실과 동떨어진 생각도 많았습니다.

　온전함을 이루고 싶었지만, 영혼도 육신도 의식도 결핍에 시달렸기에 삶에 대한 만족은 부족했고, 무엇인가를 찾아 언제나 헤매었습니다.

　성인이 되어도 가정을 이루어도 그것은 변치 않았습니다. 무엇인지 모르는 진실에 갈급했습니다. 저의 삶이 굴곡지고 조금은 드라마틱한 이유도 그래서일 것입니다.

　저의 삶이 괴롭고 배고프고 아플 때 어느 날 꿈속에서의 일입니다. 어둡고 깊은 수렁 속에 갇힌 저에게 뿔 달린 악마가 이죽거리며 큰 소리로 외칩니다.

　"넌 죽은 거야" 넌 "다시 일어날 수 없어" 신은 널 사랑하지 않아!

그렇다고 나 역시도 널 사랑하지는 않지!

넌 그 어느 곳에서도 환영받지 못해.

넌 나무와 꽃도, 흙도 바위도 아니야!

하늘을 떠도는 구름과 바람도 타오르는 불과 샘솟는 물
도 아니야!

넌 빛도 아니고 어둠도 아니야!

찬란하게 빛나는 별은 더욱 아니며!

생명이 다하여 어둡게 식어 버린 별도 아니야!

넌 하늘의 사람도 땅의 사람도 아니야!

넌 천국의 입구에도 지옥의 입구에도 다가설 수 없어!

넌 절대 태초의 모습으로 돌아갈 수 없어!

넌 언제나 그렇게 어둠에 묻혀 있어야 해!

그것이 나의 소망이고 너의 운명이야!

눈을 떠도 보이지 않고 소리를 질러도 들리지 않습니다. 그 누
구도 제가 있는 곳을 모릅니다.

그렇게 전 혼자였습니다.

어둠 속에서….

그렇지 않단다.

넌 단 한 번도 세상에 혼자였던 적이 없었단다.

언제나 내가 널 지켜보고 있었지.

너의 아픔과 결핍과 고독을….

넌 항상 세상과 전쟁 중이었고 옳고 그름 속에서 스스로를 지키려는 양심과 자존감, 거짓과 진실 속에서 방황하였지.

그건 삶과 죽음, 빛과 어둠, 태초의 인간성과 짐승의 갈림길이었단다.

그렇게 고통스럽게 반복되는 선택의 매 순간마다 넌 옳은 길을 선택하려고 몸부림쳤지!

넌 언제나 너의 삶이 깨끗하고 진실하길 원했어.

그러다 가끔 옳은 것을 선택하지 못하였을 땐 넌 스스로 자책하고 괴로워하였지.

넌 그렇게 빈곤함과 아픔을 벗어나 소망을 이루는 모든 과정들이 언제나 정당하길 바랐어!

바로 그것이 공의로움이란다.

공의로움은 목적과 수단과 과정이 모두 그렇게 일치하지.

그래서 너의 음성이 고통의 깊은 골짜기에서 신음할 때, 눈물로 나에게 죽음을 구할 때 난 오히려 널 건져 올려 품은 것이란다.

난 언제나 공의로운 길을 가려는 이 땅의 나의 빛들에게 그렇게 해 왔어.

넌 혼자였던 적이 단 한 번도 없었단다!

그랬던가요!

제가 세상에 혼자였던 적은 단 한 번도 없었던가요.

그러나 전 너무 춥고 굶주리고 외로웠어요.

왜 저에게 좀 더 빨리 오지 않으셨나요.

왜 그동안 절 지켜만 보셨나요!

그건 너의 영혼과 의식이 나를 향해 있지 않았기에 어쩔
수 없었단다.

한때 넌 나의 존재를 인정하지도 부정하지도 않았어!

난 너에게 소망을 이루는 한낱 수단으로만 사용되었지.

너에게 난 그저 불행한 사고를 대비한 보험 정도밖에 되
질 않았어.

아니지!

너뿐만 아니라 수많은 인간들이 그랬단다.

그저 죽음 후에 일어날지도 모르는 어떤 일에 대한 대비
용으로만 날 생각하지!

영혼과 마음에 신은 온데간데없고 모두들 이 땅에서의
부귀와 영광 그리고 죽음 후의 평안만을 원하였지!

많은 인간들이 내가 누구인지도 모른 채, 날 사랑한다고

외쳤단다.

너희들의 본성이 무엇이었는지도 모른 채, 내가 너희를 창조한 이유조차도 모른 채, 그저 입으로만 외쳐 대었지!

너희는 내가 너희를 창조한 이유가 경배를 받고 찬양을 받기 위해서라고 생각하지만, 그런 건 하늘나라에 있는 수많은 천사들만으로도 충분하단다.

천사들은 언제나 날 찬양하고 경배하며 자신의 임무에 충실하지!

그럼 저희를 창조한 또 다른 이유가 있는 건가요!

그렇단다.

난 너희를 가장 마지막 날에 창조하였지.

그 이유가 무엇이겠니!

난 아름다운 나무와 달콤한 열매, 시원한 샘물과 노래하는 새들 그리고 자연에 어울리는 모든 동물들을 만든 후에 너희를 창조했단다.

그건 너희들에게 모든 것이 갖추어진 완벽한 세상을 만들어 주고 싶었기 때문이야.

그런 완벽한 아름다움 속에서 난 너희와 함께하길 원했고 어떤 존재와도 비교힐 수 없는 사랑의 대상으로 삼은 거란다.

그것이 마지막 날 너희를 창조한 진짜 이유이지!

하얀 도화지에 점과 선을 그리고 색을 입히듯, 난 마지막

으로 가장 중요한 곳에 너희를 그려 넣었단다.

물론 루시퍼의 훼방으로 엉망이 되어 버렸지만 말이다.

신의 마음을 조금은 알 것 같습니다. 신께서는 그저 완벽한 아름다움을 우리와 함께하고 싶었던 것입니다. 그것도 천사들에게조차 허락지 않던 자유의지를 주면서까지!

명령이나 의무가 아닌, 온전한 자유의지를 통한 온전한 관계를 원하신 겁니다.

신께서는 하늘의 천사들과는 다른 방식으로 우리를 창조하셨고 다른 방식으로 사랑하셨습니다. 그분은 언제나 한결같으셨습니다.

오랜 시간을 방황하며 이제야 깨달은 건, 다른 사람들과 마찬가지로 신을 소망과 욕망을 이루기 위한 하나의 도구로만 생각하며 그분과의 온전한 관계를 잊은 채 불평불만만 하였다는 것입니다.

미성숙한 아이나 악한 이가 칼을 들면 위험하듯이 온전치 못한 우리 소망의 이루어짐이 오히려 독이 되어 다시는 함께할 수 없음이 그분에겐 더욱 큰 슬픔이었을 것입니다.

이 모든 걸 좀 더 일찍 깨달았다면 저의 삶은 평안을 얻었을 것이고 이 땅에서 더 많은 일을 할 수 있었음에 아쉬움이 듭니다.

내가 너희에게 주는 것들엔 법칙이 있단다.

오래전 어린 다윗을 생각해 보렴.

많은 이들이 그가 골리앗을 쓰러트릴 거란 건 상상도 못했지.

골리앗은 배도한 천사들과 인간 여자들이 낳은 네피림의 피가 섞인 후손이었고, 물리적으로는 그를 당해 낼 인간이 없었단다.

모든 인간들이 골리앗을 보곤 두려워하였지.

그걸 알기에 난 다윗이 골리앗을 이기고 내가 선포한 왕이 될 수 있도록 오래전부터 그를 단련시켰단다.

사나운 늑대를 물리치고 무서운 사자와 싸워 이길 수 있도록 그를 훈련시켰으며, 험한 짐승들의 약점을 파악할 수 있는 경험과 고난을 주었지.

그렇게 성장한 다윗에게 골리앗은 약점을 훤히 드러낸 채 으르렁거리는 한 마리 사자일 뿐이었을 거야.

언제나 온전한 이들은 고난의 과정을 거쳐 그렇게 역사의 한축으로 쓰였단다.

그들은 자신들의 소망보단 나와의 관계를 더욱 소중하게 생각하였지.

그럼 그런 과정을 저에게도 주신 건가요!

그렇단다.

내가 너의 소망을 먼저 들어주었다면 넌 나를 다시 잊어

버렸을 것이야.

난 네가 나의 품 안에서 성장하길 바랐단다.

넌 언제나 너의 부유했던 어린 시절을 그리워하며 앞만

보고 달려들었지!

네가 나를 찾을 땐 고통에서 허덕일 때뿐이었어, 그 상황

이 모면되면, 넌 언제나 나를 다시 잊어버렸지.

난 네가 아플 때나 슬플 때나 행복하고 즐거울 때나 언제

나 함께 있고 싶었단다!

그래서 난 널 그저 기다릴 수밖에 없었단다.

나와의 관계가 온전 해져, 내가 너에게 무엇을 주든 밝게

빛나는 별이 될 때까지 말이다.

어느새 어두워진 밤하늘에 작고 귀여운 가로등이 반짝입니다.

하늘 위에 살포시 걸쳐진 수많은 작은 별들이 저에게 속삭입니다.

우리가 세상에서 가장 잘하는 게 무엇인지 아니!

그건 언제나 밝게 빛나는 거야.

너도 우리처럼 언제나 밝게 빛나렴!

성빈과 성부처럼!

어!

성빈과 성부!

그게 무엇이니?

별들이 더욱 초롱거리며 반짝입니다.

지구별에 떨어진 인간들은 네 부류의 자녀들이 있어!

그건 속부와 속빈 그리고 성빈과 성부이지.

속부는 세상 속에서의 부자를 말해!

자신의 능력과 배경으로 큰 물질을 이룬 이들이지.

그러나 이들은 신과의 관계성이 없기 때문에 언제
나 자신이 가진 것을 빼앗길까 봐 노심초사해!

더불어 나눔에도 인색할 뿐 아니라, 세상의 부귀영
화에만 관심이 있지.

그들은 자신이 누구인지도 모르고 관심도 없어!

물질은 풍요롭지만 영혼이 메마른 자들이지.

바로 낙타가 바늘구멍을 통과하는 것처럼 신에게로
가는 길이 어려운 이들이야.

너도 한때는 그 속부가 되려고 노력했잖아!

그런 속부는 세상뿐만 아니라 성전과 교회 안에도
수두룩하지.

그들은 세상의 것들을 그대로 성전으로 끌고와 더럽혀.
너의 옛 모습을 떠올리면 될 거야.

이런 그렇구나!

별들에게 정곡을 찔린 저의 이마에 땀이 삐질 흐릅니다.

그럼, 속빈이란 건 세상의 가난한 자들을 말하는 거니!

그래 맞아!
어쩌면 이 지구별에서 가장 안타까운 이들이지.
그들은 물질도 영혼도 모두 가난해!
무언가 열심히 노력하지만 언제나 궁핍에 시달리지.
이들은 신을 찾지도 않을뿐더러 진실과 거짓에도 관심이 없어.
그들은 단지 이 세상에서의 삶과 생존에만 관심이 있을 뿐이야.
그만큼 육신과 영혼이 모두 결핍에 시달리지.
그래서 언제나 목이 마른 그들에겐 땅을 파야 나오는 샘물이 아닌, 당장 맑고 시원한 한 잔의 물이 더욱 소중해!

그들의 마음은 그만큼 척박하고 조급하여 참고 기다릴 여유가 없지.

그런 그들에게 샘물을 찾아 마시라 하면 그들은 아마 시작도 하지 못할 거야.

너의 이웃을 사랑하라는 말은 바로 이런 이들을 말하는 거야!

그들에게 너희는 한 잔의 소중한 물과 샘이 되어야 하지만 대부분 그들을 돌보는 데에는 관심이 없어.

그들에게 신을 증거 하는 것이 "샘물"이라면 "한 잔의 물"은 그들에게 베푸는 따뜻한 배려와 사랑이야.

그 한잔의 물이 그들을 온전해지게 하는 출발점이지!

너희들이 진정 빛이라면 성전 안에서만 빛날 것이 아니라 세상에서도 밝게 빛나야 해!

너도 생각해 봐 네가 목말라 쓰러져있을 때 너에게 한 잔의 물을 건넨 이가 누구였는지를….

그리고 그 한 잔의 물이 얼마나 소중했는지를….

흠!

왠지 이 별들은 누군가를 많이 닮은 것 같습니다.

사람을 들었다 낮다 하는 것이 그분과 똑같습니다.
하!

그럼 성빈은 무엇이니!

성빈이란 육신은 비록 가난하지만, 영혼은 복이 가
득한 이들을 말해.
그들은 이미 신과의 관계가 온전한 자들이야.
가난하지만 성스러운 사람들이지!
이들은 희생하며 세상에 선을 베풀고 사랑으로 신
을 증거하는 것에 자신들의 삶을 바쳐.
그들의 마음은 물질과는 상관없이 세상에 대한 긍
휼로 가득해!
자신의 삶을 통해 목마른 자들에게 한 잔의 물이 되
어 주는 사람들이 바로 이들이지.
그들의 영혼은 밤하늘의 은하수처럼 언제나 밝게
빛나!
하늘이 곧 그들의 것이지.

그럼 성부는 성스러운 부자를 말하는 거니!

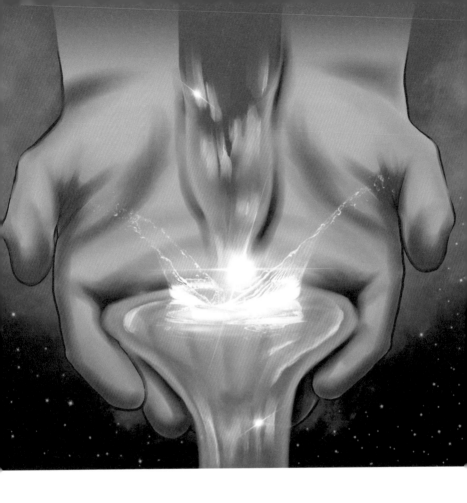

그래 맞아!
너의 최종목적지이기도 하지

뭐!
나의 최종 목적지?

그래!

성부는 자신의 능력이나 배경으로 이루는 부자가
아닌 신의 목적으로 인해 부자가 되는 이들이야.

하늘의 복이 그들을 통하여 온 세상에 뿌려지지.

이들은 물질의 통로이고 마음과 영혼은 속빈 그리
고 성빈과 소통하며 세상을 밝히는 사람들이야.

이들은 선하고 용감하며 온전하여 힘이 없는 자들
을 지키는 방패이고 어둠에 대항하는 날카로운 검
이기도 해.

그래서 루시퍼가 가장 싫어하는 부류이지!

물질로도 삶의 고난으로도 이들을 유혹할 수 없으
니 말이야.

넌 어둠으로부터 별들을 지키는 더욱 크고 밝은 별
이 되어야 해.

길을 읽어버린 별들이 너의 빛을 보고 돌아올 수 있
도록 말이야.

난 온전하지 않아.

이제야 겨우 신과의 관계를 깨닫고 소망을 이루어 가는
길목에 서 있을 뿐이지.

앞으로도 내가 넘어야 할 고난은 눈에 보일 정도로 많다고!

알고 있어 넌 앞으로도 많은 파고를 넘어야 하지.

하지만 두려워 마!

길을 잃지 않도록 우리가 너의 길을 환하게 비추어

줄게!

신께서 너에게 준 가장 큰 재능은 선택과 집중 그리

고 용기와 인내심이지.

넌 언제나 포기하지 않고 너의 길을 걸었어!

그렇게 걷다 보면 어느 날 넌 목적지에 도달해 있을

거야.

넌 또한 루시퍼의 계획과 세상의 흐름을 인지하고

있지!

그런 건 우연이 아니야!

하늘의 증표이지.

세상의 흐름이 보인다는 건, 고난에 대비할 수 있는

지혜 역시 얻었다는 것이야!

넌 이미 가야 할 길을 알고 있어.

그리고 신께서도 알고 있지!

너에게 무엇을 주든 넌 언제나 신의 곁에서 함께한

다는 것을….

넌 온전히 그분의 것임을 그분도 알고 있기에 넌 성

부가 될 수 있어.

무엇을 주던 넌 변치 않을 테니까!

언제나 잊지 말아야 해!

별이 가장 잘하는 건 밝게 빛나는 거란 걸.

너희들 모두가 이 땅에 내려온 하나하나의 별이란

걸!

10.
잃어버린 별 하나

오래전 유난히 마음이 가는 여직원이 있었습니다. 그 아이는 작은 키에 큰 눈망울을 가지고 있었고 그 눈빛 속엔 무언가 슬픔이 가득했습니다. 알 수 없는 아픔이 가득한 아이였기에 더욱 신경이 쓰였는지 모릅니다.

　어느 날 어릴 적, 그 아이는 불의의 사고로 어머니를 잃었고, 아픔이 채 가시기도 전에 아버지는 바로 재혼하여 안정이 필요한 어린 시절을 슬픔과 외로움으로 지낸 사실을 알고 있었기에 더욱 그 아이에게 마음이 쓰였습니다.

　그 아이는 스스로 강해 보이려 애썼지만 내면은 부서지는 파도처럼 위태롭게 보였습니다. 감정의 기복과 사람에 대한 집착이 강하였고 언제나 누군가에게 의지하고 싶어 했습니다.

　그 상황과 마음은 충분히 공감하고 이해하지만, 그렇다고 이 세상은 그런 사정을 이해하거나 봐주지 않습니다. 그럴수록 오히려 이용당하고 배신당한다는 걸! 세상의 짐승들은 피 냄새를 맡으면 더욱 사납게 달려들어 공격한다는 걸!

그래서 더욱 그 누구에게도 의지하지 말고 스스로 실력과 능력을 키워야만 운명을 이겨 낼 수 있다는 사실을 전 그 아이에게 알려 주고 싶었습니다. 그래서 때로는 아프고 쓴소리도 마다하지 않았습니다.

그러나 결국은 부질없는 짓이었습니다. 그 아이는 어린 시절을 아빠에게 버림받았듯, 오랜 시간을 사귄 남자친구와도 이별을 하였습니다.

그것도 큰 병이 들어 가장 아프고 슬플 때!

가장 따뜻한 사랑과 배려가 필요할 때!

두 사람만의 사정과 관계를 다 알 수는 없지만, 너무나 가혹한 상황이었습니다.

병이 조금이나마 회복한 후, 절 찾아와 울먹거리는 그 아이의 모습이 지금도 잊혀지지 않습니다.

마음이 아팠지만, 당시 전 어설픈 동정이나 위로는 오히려 독이 될까 봐! 그 아이에게 더 강해져야만 한다고 스스로 자립하고 모든 시련을 이겨 내야만 한다고밖에 말할 수 없었습니다.

그렇게 세월은 흘렀습니다.

간간히 연락은 되었지만, 시골집에서 요양한다는 소식 이후론, 결국 연락은 끊어졌고 그 아이를 찾으려 노력했지만 찾을 수가 없었습니다.

그때 당시엔 저 역시 어려움을 겪고 있었기에 병이 나으면 언젠간 다시 만날 수 있겠지! 그렇게 막연히 생각만 했습니다.

그렇게 또 수년이 흘렀습니다.

그러나 시간이 지나도 결국 그 아이는 절 찾아오지 않았습니다. 순간순간 많이 보고 싶었습니다. 좀 더 어른스럽게 따뜻하게 품어 주지 못한 후회 때문인지도 모릅니다.

그러던 어느 날 결국 그 아이가 저의 꿈에 찾아왔습니다.

정아야, 얼마 전 꿈에서 널 보았어!

그동안 소식이 끊어져 정말 걱정을 많이 했단다.

비록 꿈이었지만 난 너무 반가워 널 품에 안고 머리
를 쓰다듬었지.

난 네가 정말 많이 보고 싶었단다.

그런데 넌 슬픈 눈으로 날 바라보며 이젠 떠나야 한
다며 작별을 고하더구나.

너의 눈빛 속엔 슬픔과 나에 대한 조금의 원망도 보
였어!

그렇게 꿈을 깬 후, 난 마음이 너무 아파 내가 할 수
있는 모든 걸 동원해 널 찾았단다.

그러나 널 다시 만날 방법이 없구나.

정아야.

나에겐 어쩔 땐 사람의 운명이 주마등처럼 보일 때

가 있어.

오래전 너의 삶과 운명의 모습도 나의 눈엔 너무 위태롭게 보였지.

넌 언제나 너의 결핍을 매워 줄 대상을 간절하게 원했고, 몸과 마음을 의지하고 싶어 했지.

그러나 그 모든 걸 채워줄 사람은 세상에 그 누구도 없잖니!

그런 사람이 있다 해도 인간의 사랑에는 유통기한이 있기에 오래갈 수 없고

또한 불완전하다는 것을 알고 있었기에 난 네가 스스로 강해져 운명을 이겨 내길 진심으로 바랐단다.

그 어떤 누구도 너의 아픔과 슬픔을 치료해 주진 못한다는 걸!

연약한 내면과 슬픔에 젖어 있는 널 보호해 줄 사람은 세상에 없다는 사실을 스스로 깨닫고 모든 걸 이겨 내길 바랐지.

어쩌면 널 다그친 이유도 그래서일지도 몰라.

먼 미래의 너의 모습이 너무 불안해 보였기에….

그러나 지금은 모든 것이 후회스럽구나.

그저 널 따뜻하게 보듬어 주고 안아만 줄 걸.

정아야.

정말 어젯밤 꿈속에서의 아픈 이별처럼 모든 흔적을 지우고 이 세상을 떠난 거라면, 너의 평안을 눈물로 기도할게.

하지만 난 네가 아직 이 땅에 남아 있기를 간절히 원한단다.

이 지구별 어느 구석 모퉁이에서라도 너와 우연이라도 마주치길 바란단다.

그러니 아직 이 땅 어딘가에 남아 있다면 망설이지 말고 나에게 오렴.

널 내 안에 꼭 품어 줄 테니!

너의 결핍을 조금이라도 채워 줄 테니!

잃어버린 하나의 별을 다시 찾을 때까지 언제나 기다릴게.

11.
그림자 정부

어느 때인가 참 좋은 날씨였습니다. 그러나 맑고 푸른 하늘을 바라보는 저의 눈이 금세 찌푸려집니다.

　아름다운 하늘 곳곳에 하얀 구름기둥들이 흉측하게 새겨져 있습니다. 그러나 저 구름의 정체에 대해 그 누구도 설명을 해 주질 않습니다. 정치인들과 언론들도 모두 침묵을 지킬 뿐입니다.

　컴트레일이라고 부르는 저 구름은 유독성 화학물질로 이루어져 어떤 식으로든지, 자연과 인간에게 해를 끼친다는 사실을 소수의 지식인들이 말을 하였지만, 정부도 과학계도 어떠한 해명도 하고 있지 않습니다.

　코로나19도 백신에 대한 강제 접종도 러시아와 우크라이나(미국, 나토)의 전쟁도, 그 혼란 속에 각국의 정부가 은밀하게 준비하고 있는 통제를 위한 CBDC(디지털 화폐)와 인간의 육체를 좀먹는 GMO(유전자 변형 농수산물)도 연준의 예정된 긴축정책과 세계적인 거품붕괴에 맞물려 급격하게 진화하고 있는 인공지능과 4차 산업의 혁명은 결국 우리 모두를 가상 현실 속에 가두어 인간의 영혼을 뿌리부터 흔들 것이지만, 그 누구도 이것에 대하여 올바른 정보를 주지 않습니다.

세상은 마치 아무 일 없었다는 것처럼 흘러가고 있습니다. 세상은 언제나 그랬습니다.

이미 어둠의 세력들은 모든 준비를 마쳤습니다. 음지에 있던 그들이 이젠 세상에 자신의 존재들을 드러내고 있습니다. 그건 그만큼 세상의 권력과 금권과 언론을 충분히 장악하였기 때문일 것입니다. 그들 세력은 이미 오랜 시간 인간들을 쇄뇌시키고 선동하며 진실을 통제하였습니다.

이젠 때가 되었는지 바벨탑의 형상들과 바포메트(루시퍼)와 여자와 짐승을 상징하는 표식들을 전 세계에 새겨 놓고 있습니다.

공중권세를 장악한 그들은 정치와 언론은 물론이고 이젠, 아티스트의 영혼을 산 대가로 영화와 뮤직비디오에 루시퍼의 메시지와 형상들을 남깁니다. 그것을 모르는 대중들은 그들에게 열광합니다. 배우와 가수, 예술가 등 수많은 이들이 영혼을 판 대가로 부귀영화를 누립니다.

그들 모두 물질과 유명세와 바꾼 것이 무엇이었는지를 스스로 알고 있습니다.

그들 모두 공범자이며, 어둠의 부역자들입니다.

그들 모두는 결국 하나이고 하나의 신을 섬기고 있습니다.

바로 루시퍼를 말입니다.

그들은 우리 머리의 꼭대기에서 웃으며 칼춤을 추고 있습니다. 그러나 우리는 그들을 인식하지 못합니다. 우리는 이미 진실과 거짓을 구분할 수 있는 눈을 대부분 잃어버렸기 때문입니다.

그들이 전쟁을 일으키고 디지털 화폐를 개발하든, 또는 인간의 뇌와 몸에 칩을 박아넣는 뉴럴링크를 진행하든 그들의 최종 목표는 인간의 완벽한 통제입니다.

인간의 의지와 삶을 통제하며 자유를 빼앗고 결국엔 인간의 기억을 칩에 담아 영혼 없는 영원한 생명을 만들어서라도 세상을 지배하고자 합니다.

영혼이 없는 인간의 육체, 영성이 사라진 영원한 짐승들의 왕국, 바로 신세계가 바로 루시퍼와 그림자 정부 그리고 글로벌 리스트들의 최종 목표입니다. 그러나 결국 그들이 실패할 것임을 전 알고 있습니다.

하지만 그 과정은 매우 혼란스럽고 고통스러울 것입니다.

우린 이런 모든 것들이 은밀하게 진행되며 사실로 확인되는 세상 속에 살고 있지만 우리는 그것에 무관심합니다. 그런 사람들이 대부분이기에 이 세상은 쉽게 변하지 않을 것입니다.

전 신에게 달려가 하소연합니다.

루시퍼가 왕으로 있는 이 지구별은 저에겐 너무 가옥해요.

아니!

우리 모두에게요.

이 땅에서 우리들의 태초의 본모습은 이미 바람처럼 사라졌어요.

우린 루시퍼가 세상에 뿌려놓은 수많은 선악과들, 최초의 살인자 카인의 후손들과 바빌론의 가짜 신들과 가나안의 변절자들 그리고 그들의 후손들인 아슈케나지 유대인들로 인해 타락하여 버렸고 그들이 세상에 뿌려놓은 가짜 신들로 인해 세상은 거짓과 욕망으로 가득 차 있어요.

전 이제 이 전쟁의 진실을 알고 있어요.

그들과의 싸움은 에덴동산에서 우리가 떠날 때부터 시작되었다는 걸!

그리고 이젠 그들의 계획대로 우리의 자유의지는 통제당하고 조정당할 것이라는 걸.

인간의 육신을 입은 이상 저흰 어쨌든 이 세상에서 마지막까지 버텨야 해요.

그러나 그들은 너무나 교활하고 강해요.

금융과 언론과 정치권력을 장악한 그들은 우리를 선동과 굶주림, 추위와 노역 속에 가둘 것이고 그런 세상 속에서 우리가 태초의 온전한 모습으로 돌아간다는 건 거의 불가능에 가까워요.

이건 마치 이길 수 없는 게임과 같아요.

과연 우리 중에 옛 모습으로 돌아갈 수 있는 영혼들이 얼마나 될까요!

전 그것이 두렵고 가슴이 아파요.

전 정말, 우리 모두가 남김없이 태초의 모습으로 돌아가길 간절히 바라요.

그래! 난 너의 마음과 소망을 알고 있단다.

넌 이단들에게 사로잡힌 영혼들과 타락 천사들 그리고 배도한 천사들까지 모두가 태초의 모습 그대로 돌아가길 나에게 염원하고 기도하지.

넌 이 땅에 가득한 가짜 신들이 루시퍼의 또 다른 모습이라는 걸 알고 있으며, 그의 추종자들이 누구인지 그들의 계획이 무엇인지 그리고 그들이 만들고 싶어 하는 세상이 무엇인지를 알고 있어!

그로 인해 진실을 알게 된 너의 마음과 영혼이 혼란과 두려움에 있다는 것도 육신을 입은 너의 영혼이 이 거대한 전쟁을 버거워한다는 것 또한 알고 있단다.

그러나 두려워하지 마렴!

오래전 난 세상을 유지하는 공의로움 속에서 나의 아들의 피로 너희들을 다시 찾았단다.

그러나 그럼에도 난 너희들을 구분할 수밖에 없단다.

인간의 영혼과 짐승의 영혼을 말이다.

너희는 나를 믿는다 하면서도 너희들의 목적과 필요에 따라 태초의 온전한 인간성과 짐승의 잔인함을 가지고 살아가지.

더욱이 너희는 세상의 잔인함과 무정함을 핑계로 그런 모든 행위들을 합리화한단다.

이미 모든 것을 알고 있지만 모른 척할 뿐이지.

너희들의 냉혹함과 어리석음을 세상과 시대를 탓하며 비난에서 자유로워지려 하는 것을 말이다.

태초의 인간성과 그곳에 깃든 깊은 잠재의식 속엔 스스로 깨어날 수 있는 지혜와 진실과 거짓을 구분할 수 있는 능력이 있단다.

다만 너희들은 그것이 괴롭고 불편하여 외면할 뿐이지.

그러니 진실을 찾아 나에게 오는 길은 오로지 너희들의 몫이란다.

아주 오래전에도 세상의 어둠과 유혹에 넘어진 자들 중에도 삶의 연단을 거쳐 새롭게 태어난 이들이 있단다.

그들은 고난과 고통과 거짓 속에서 자신들이 태초에 누구였는지를 깨닫고 각성한 이들이었지.

지구별의 삶은 태초의 고향으로 돌아가기 위한 잠시의

여정일 뿐임을 알게 된 것이야.

그러니 세상의 속임수에 넘어졌다 하여 주저앉지 말고, 다시 일어나렴!

깊이 잠긴 마음의 눈을 뜨고 세상을 보렴!

그렇게 너희가 진실한 영혼의 눈을 찾으면 너희는 루시퍼의 세상을 분간하고 경계하며 태초의 모습으로 다시 돌아갈 수 있는 문을 열 수 있단다.

세상의 크고 화려한 성전이라도 그곳에 내가 없으면 성전이 아니며, 수많은 사람들이 모여 기도하고 찬양하여도 그것이 자신들의 욕망을 채우는 행위라면 난 그곳에 있지 않을 것이란다.

욕심으로 화려하게 새워진 성전보다, 찬양보다, 기도보다 더욱 중요한 건 너희들이 태초 나와의 관계를 깨닫는 것이고 너희가 그렇게 눈을 뜨면 너희의 조각난 영성은 다시 합쳐지고 단단하고 강해져 그 누구도 범하지 못할 것이란다.

그 안엔 지혜와 분별과 사랑이 가득할 것이기 때문이지.

성전이란 교회가 아닌 그렇게 모여든 너희들 하나하나가 성전이란다.

루시퍼도 종말도 두려워 마렴, 그런 것들은 결코 너희들을 범하지 못할 테니.

신의 말씀에 전 또 한 번 깨닫습니다.

우린 이 지구별 감옥에 세워지는 그 하나하나의 성전임을….

기억을 모두 잃어버린 채 진실을 놓아 버린 우리에게는 연단이 필요하고 그렇게 조금씩 자라난 영성들이 깨어나면 세상에서 말하는 성전은 교회가 아닌 우리 자체라는 걸!

그날 밤 꿈속에 루시퍼가 또다시 나타나 으르렁거립니다. 루시퍼는 신과의 만남 이후에는 언제나 나타나 저에게 항변합니다.

모두가 알고 있듯 세상은 공평하지 않다.

그건 우리에게도 마찬가지였지.

신은 인간들을 자신의 아들로 대속시켜 새로운 구원의
길을 열어 주었지만, 우린 그런 기회를 얻지 못하였다.

이것이 우리가 더욱 발악하는 이유이기도 하지.

우리에겐 시간이 얼마 남지 않았다.

너희들은 너희의 삶과 영혼을 멱살 잡고 흔드는 존재들
이 우리라는 걸 알지 못해.

보이지 않는 세계처럼 우리는 분명 너희들의 곁에 있지
만 너흰 우리의 존재를 모른다.

아니! 알고 싶어 하지도 않지.

너희는 오직 이 물질세계에만 집착하며 살아갈 뿐이야.

이 세상의 법칙은 너도 알다시피 약육강식과 적자생존이다.

이 세상에서 성공한 대부분의 인간들은 이 법칙에 충실한 자들이야.

물질과 명예 그리고 권력과 쾌락에 빠진 인간들은 영혼이 없는 인간이라도 개의치 않아.

짐승의 삶이라도 지금의 세상에 영원히 남아 있길 바라지. 그들에겐 다른 세상은 의미가 없어.

그들은 은밀한 곳에 모여 우쭐거리며 세상을 조롱하고 나에게 충성을 맹세한다.

그들이 곧 나의 훌륭한 검이고 방패이지.

난 그들을 아끼고 사랑하며 독려한다.

멸망의 길로 들어서는 나의 곁에 영원히 두기 위해 말이다.

이런 이들이 지배하는 이 물질세계가 전쟁과 분열과 광기, 질투, 증오, 교만 등으로 가득 차 있는 건 어쩌면 당연한 것이다.

비물질 세계를 이루는 사랑, 감사, 용서에 공명하는 인간들은 이곳에서 살아남기 힘들지.

인간들은 천국과 지옥과 같은 비물질 세계뿐만 아니라, 또 다른 진리의 세계가 있다는 건 생각하지도 않아. 그러나 그곳이야말로 너희들의 태초의 시작점이다.

신께서 원한 것도 바로 이 진리의 세계에서 모두가 함께 하는 것이었지.

어쨌든 이곳 물질세계는 나의 세상이며 너희 모두는 이곳에 매여 있다.

난 지금의 세상을 더욱 무섭고 흉포하게 만들 것이다. 너희 모두가 신을 원망하고 부정하며 나에게 모두 엎드려 경배할 때 까지 말이다.

지금의 전쟁과 질병, 하나의 정부와 종교 그리고 CBDC는 시작일 뿐이다. 난 모든 것들을 조정하고 통제하며 이 세상을 짐승의 왕국으로 만들 것이다.

이 땅의 마지막 남은 인간성에 비집고 들어가 신의 공평성을 훼손시키며 너희를 분열시키고 서로 증오하고 미워하며 죽어 가게 만들 것이다.

난 아주 오래전부터 이 세상에서 존재해 왔다.

아담과 하와를 유혹해 세상을 다스리던 권한을 빼앗고 영성을 파괴시켰으며, 그의 아들 카인을 미혹해 아벨을 죽이고 배도한 천사들과 인간의 여자 사이에서 태어난 네피림들로 인간들의 피를 더럽혀 여자의 후손을 막았지.

여자의 후손만 막는다면 이 땅은 영원히 나의 것이기에 난 온전했던 인간들의 유전자를 나의 추종자들과 함께 오랜 세월 더럽혀 왔다.

난 인간들의 역사를 조작하였고, 수많은 곳에 나의 조각들을 새겨 넣었다.

너희 인간들이 무엇이 진실인지 알지 못하도록, 너희의 온전했던 영성과 영혼 그리고 육신을 더럽혀 불완전함 속에서 신의 곁으로 절대 가지 못하도록 말이다.

난 너희를 절대 포기하지 않아!

난 이미 수많은 인간들의 피 속에 나의 지문을 새겨 넣었다.

너희는 나의 부역자들에게 속아 아무런 의심 없이 그것을 받아들였지!

너희들의 영혼과 육체는 서서히 변질되어 죽어 가고 있어. 신의 질서는 파괴되었고 너희들은 타락하여 남자가 남자를 여자가 여자를 탐하며 온갖 부정한 행위를 합리화하며 살아가고 있다. 남자가 아내가 되고 아내가 남편이 되며, 성별을 가르는 생물학적인 자연의 법칙조차 너희는 법률과 사회적 제도의 합의를 통해 결정지으려 하고 있다.

그것이 발전이고 진보이며, 평등과 편견 없는 세상과 소수의 권리를 지키는 것이라 믿고 있지.

자연의 질서와 인간의 순수성을 스스로 희생하며 말이다.

어리석게도 서로 눈치만 보며 오른 것을 옳다 하지 못하고, 아닌 것을 아니다 라고, 말하지 못하는 지금 너희들의 세상은 부끄러움도 미안함도 모르며 수치심도 모르는 타락한 영혼들이 큰 소리 치는 세상이다.
그런 어리석음의 대가로 신의 지문이 점차 사라지고, 그곳에 나의 지문이 새겨지는 것이다.

그 모든 현상들이 하나하나 모여 세상에 발현되는 것이 여자와 짐승이며 나의 형상인 바포메트이다.
이 지구별 곳곳에 세워지고 있는 나의 형상들이 많아질수록, 이 세계는 더욱 가혹한 세상이 될 것이다.
결국 너희들의 대부분은 신을 저주하며 원망할 것이고 난 그런 너희들을 웃으며 맞이할 것이다.
모두 나와 저 끝도 없는 무저갱으로 함께 가자꾸나!
으하하하하!

12.
이 땅을 떠날 때

카페의 테라스에 걸터앉아 세상에서 가장 큰 가로등이 켜지길 조용히 기다립니다. 붉게 물든 호수는 어디가 하늘이고 물인지 구분이 되질 않습니다. 마치 홀로 어린 왕자를 기다리던 사막여우의 두근거림처럼, 세상의 가장 큰 가로등을 기다립니다.

테이블에 놓인 또 다른 한 잔의 커피는 기다림의 미학입니다.

어느새 호수의 청둥오리들이 저의 주변에 모여듭니다. 이 오리들은 때마다 카페를 순찰하며 손님들의 빵을 나누어 먹습니다. 저를 보며 꽥꽥되는 것이 주머니 털어서 빵 한 조각이라도 나오면 가만 안 두겠다는 표정입니다.

청둥오리들의 성화에도 호수에 먹물처럼 조용히 퍼지는 짙은 노을이 참 아름답습니다. 언제나 느끼는 거지만 저의 삶이 마치 노을처럼 낮과 밤의 경계선에 펼쳐지는 것 같습니다.

하늘에도 땅에도 속해 있지 않으며 혼란한 세상 속에도 그렇다고 세상 밖의 초월자처럼 있지도 못합니다. 이 세상 속에 존재하나 찰나의 순간에 사라지는 짙은 노을의 여운 같은 삶입니다.

사람들은 저의 삶을 보며 가끔은 부러워합니다.

사랑하고 좋아하는 일을 하며 삶을 영위한다는 건 쉬운 일이 아닌 일이기 때문입니다.

그러나 세상엔 공짜가 없듯이 전 젊은 청춘을 일에 바쳤습니다. 고통과 고난 속에 방황하고 울부짖으며 하루하루를 전쟁, 전투 속에서 살았습니다.

제가 지금 누리는 모든 것은 오히려 저의 삶을 포기했을 때 얻은 것들입니다. 철저하게 무너져 그 누구도 저의 곁에 없을 때 말입니다.

마지막 삶의 절벽 끝에서 들려온 건 오직 그분의 목소리뿐이었습니다.

난 언제나 널 지켜보고 있었지.

네가 고통의 깊은 골짜기에서 신음할 때도, 통회 하며 나에게 죽음을 구할 때도.

너에게 주어진 아내와 딸을 위해 너의 모든 자존감과 욕망을 내려놓고 가난 속에서의 헌신을 마음먹었을 때….

모든 꿈과 소망과 교만이 땅에 떨어져 철저하게 짓밟혔을 때….

너에게 남은 것이 오직 나밖에 없었을 때….

부귀나 빈천함 속에도 기쁨과 절망 속에도 언제나 나의

곁에서 나를 바라보며 태초에 너희들에게 준 온전함을 찾아 나의 곁에서 함께할 수 있는 영성이 생길 때까지···.

내가 아담에게 준 세상을 다스리는 권한을 빼앗은 루시퍼에게서 너희가 그것을 다시 되찾아 올 때까지 말이다.

그런 영성을 찾아가는 넌 이젠 타락 천사들과 배도한 천사들조차 모두 태초의 모습 그대로 돌아가길 나에게 소망하고 기도하지.

그런 널 난 포기하지 않는단다.

저의 곁에서 조용히 호수를 감상하시던 신께 물어봅니다.

혹시 제가 이 땅을 떠날 때를 알고 계신가요?

그럼!

물론 알고 있단다.

음.

오래오래 사나요!

왜!

오래 살고 싶으냐.

꼭 그런 건 아니지만 해야 할 일이 있다면 다 마치고 싶어요.

물론! 넌 너의 일을 훌륭하게 마무리할 수 있을 거란다.

다행이네요.
그럼 저의 가족과 사랑하는 사람들은 보호받을 수 있겠네요.

그것이 염려되었느냐!

네.
전 항상 그것이 두려웠어요.
루시퍼의 세상 속에서 사랑하는 이들이 고통받을 까 봐요.

걱정하지 말렴.
그들과 난 언제나 함께할 테니.

혹시!
저의 마지막 때가 오면 많이 아플까요?

아니! 그렇지 않을 거란다.

넌 마치 잠이 든 것처럼 보일 거야.

마지막 불타오르는 노을 속 가로등이 켜지는 그 순간 그 시간에 말이지.

그럼!

그때는 언제인가요.

그건 너의 삶이 가장 밝게 빛날 때.

많은 이들이 너의 글에 귀를 기울일 때.

너의 영혼이 세상으로 인해 얼룩지기 전 바로 그때일 거란다.

그러나 잠시 의문이 들었습니다.

하필이면 죽음의 때가 가장 삶의 절정기라니.

왠지 신이 또 얄미워지려 합니다.

왜 하필 제가 가장 밝을 때인가요?

그건 너의 영성과 영혼이 얼룩짐을 막기 위해서란다.

이 물질 세상에서 영원한 것은 없지 않니!

그만큼 난 네가 맑고 깨끗한 영혼으로 남아 있길 바란단다.

그리고 그건 네가 이 땅에 내려오기 전, 나에게 한 약속이

기도 하지.

어느덧 세상의 가장 큰 가로등이 둥실 떠올라 세상을 환하게
밝힙니다.

너의 주머니에 있는 동전 하나를 나에게 줘 보렴.

전 공손히 주머니에서 동전 하나를 꺼내어 신께 드립니다.

자! 보려구나. 동전엔 앞면과 뒷면뿐만 아니라 옆면도 있
단다.
그러나 너희들은 언제나 동전의 양면에만 집중하지!
마치 허공에 던져 게임을 하듯이 말이다.
하지만 동전의 가장 중요한 것은 바로 옆면에 있단다.
비록 아주 좁고 얇지만, 그것이 없다면 동전의 앞과 뒤는
존재할 수 없기 때문이지.
진리와 의인의 길은 이렇게 동전의 옆면과 같은 것이란다.
그래서 그 길을 바로 세워 가려는 자에게는 항상 고난과

위험이 수반되지.

진리는 마치 이와 같단다!

그러나 너희들 대부분은 이것에 대해선 의식조차 하지 않더구나.

분명히 눈에 보이고 느끼는 데도 말이다.

이처럼 나를 믿는 다고 말하는 것은 쉽지만, 나에게 오는 길은 험하고 좁단다.

그러나 그 길은 이미 수천 년 전에 여자의 후손을 막기 위한 루시퍼의 세 가지 질문 속에 모두 들어 있었단다.

이젠 루시퍼와 그의 추종자들과 이 땅의 거짓 선지자들이 세상을 어둠에 가두어 놓더라도 두려워 마렴.

루시퍼가 나의 아들에게 시험한 질문과 비밀을 깨닫고 너희의 조각난 영성을 모아 어둠에 대항하렴.

난 언제나 그 길을 따라 너희들이 나에게 다시 돌아오기를 이곳에서 손꼽아 기다리고 있을 테니!

태초의 온전함을 회복하여 나에게 돌아오는 길목에서….

신을 닮았네 2

ⓒ 이태완, 2023

초판 1쇄 발행 2023년 10월 5일

지은이　이태완
일러스트　박예진
펴낸이　이기봉
편집　좋은땅 편집팀
펴낸곳　도서출판 좋은땅
주소　서울특별시 마포구 양화로12길 26 지월드빌딩 (서교동 395-7)
전화　02)374-8616~7
팩스　02)374-8614
이메일　gworldbook@naver.com
홈페이지　www.g-world.co.kr

ISBN　979-11-388-2363-0 (03810)